同文書庫·厦門文獻系列 第四輯 拾

鷺江名勝詩鈔

江煦·編

厦门大学出版社
XIAMEN UNIVERSITY PRESS
国家一级出版社
全国百佳图书出版单位

图书在版编目(CIP)数据

鹭江名胜诗钞/江煦编.—厦门:厦门大学出版社,2019.12
(同文书库.厦门文献系列.第四辑)
ISBN 978-7-5615-7635-9

Ⅰ.①鹭…　Ⅱ.①江…　Ⅲ.①诗集—中国—宋代—近代　Ⅳ.①I222

中国版本图书馆 CIP 数据核字(2019)第 262396 号

出 版 人　郑文礼
责任编辑　薛鹏志　章木良
封面设计　李嘉彬
技术编辑　朱　楷

出版发行　厦门大学出版社
社　　址　厦门市软件园二期望海路 39 号
邮政编码　361008
总　　机　0592-2181111　0592-2181406(传真)
营销中心　0592-2184458　0592-2181365
网　　址　http://www.xmupress.com
邮　　箱　xmup@xmupress.com
印　　刷　厦门集大印刷厂

开本　787 mm×1 092 mm　1/16
印张　15.75
插页　3
字数　220 千字
印数　1～1 000 册
版次　2019 年 12 月第 1 版
印次　2019 年 12 月第 1 次印刷
定价　150.00 元

本书如有印装质量问题请直接寄承印厂调换

厦门大学出版社
微信二维码

厦门大学出版社
微博二维码

目錄

前言

《鷺江名勝詩鈔》是厦門近代詩家江煦輯錄選編的一部厦門風景名勝詩集，係菽莊吟社出版物『菽莊叢書』第六種，戊子年（一九四八）孟秋在澳門刊印。現據厦門大學圖書館所藏菽莊主人林爾嘉簽贈本影印重版。

一

江煦（一八九五—？），原名啟漳，字仲春，號曉香、晴庵，晚年自署松山農，福建海澄三都鄉貞庵村（今屬厦門海滄區）人。一九一六年前後寓居厦門鼓浪嶼，先在厦門英商集記、和記洋行任職，後任厦門海關文牘。素耽吟詠，擅詩古文詞。寓厦後加入林爾嘉創建的菽莊吟社，積極參與社課、雅集、節事遊賞及社友唱和等吟詠活動，參與日常社務，是菽莊吟社的核心成員。一九二五年從寓居厦門的湖湘詩人沈琇瑩（一八七〇—一九四四，字琛笙，號傲樵）受業，詩詞古文均獲傳承。他在為其師《寄傲山館詞稿》所作後跋中稱：『煦生長海澨，前無師承，瞻仰山斗，執贄憾晚。公餘多暇，載酒問奇，得聞緒餘，亦云幸矣。』（見沈琇瑩著《寄傲山館詞稿·壺天吟》卷後，厦門大學出版社二〇一六年版，第二七一頁）沈琇瑩在一九二四年林爾嘉出洋後成為菽莊吟社主持人，江煦受業後即協助乃師組織吟社日常活動，協助其選編、刊刻『菽莊叢書』『菽莊叢刻』等吟社出版物，承擔繕寫、校勘等諸多具體事務。一九四〇年沈琇瑩《〈菽莊叢刻八種〉告成紀之以詩》其一云：『月泉韻事續前朝，文選名家例廣蕭。煞費江郎重校字，聚珍版勝手民雕。』（沈琇瑩著《寄傲山館詞稿・壺天吟》，第四五七頁）『江郎』即是江煦。一九四三年十二月，江煦離開廈門，行役南粵，任職於拱北海關文牘處。後定居澳門，結廬松山麓，名『風月平分草堂』，高蹈耕牧。有《結廬松山耕牧有詠》《山居即景》《題松山躬耕圖，示內子靄賢》等詩。其《敝廬風雨吟》云：『道喪向千載，歧路獨躊躇。有志殊未騁，覆瓿草玄虛。耕牧稱其用，吾還愛吾廬。』二十世紀六十年代在澳門逝世。

江煦著述甚富，詩文集主要有《草堂別集》《圭海集》。《草堂別集》是其詩詞古文的精選結集，含《讀我書室文存》《風月平分草堂詩存》《無盡藏廬詞存》，朱家駒、林爾嘉和蘇逸雲分別為序，嶺南春滿堂一九五四年刊印。菽莊主人林爾嘉在序中云：『江子仲春好學不倦，生平所為詩文詞甚多，皆為匡時濟世、有益於人心者，是得古人為詩文之旨，殊非庸俗遊戲虛汎之論，摹寫風花雪月淫靡之辭。』（林爾嘉《草堂別集・序》）《圭海集》係作者詩集，選錄《風月平分草堂詩存》之外的剩稿，分為三卷，約在一九六一年抄寫油印。作者在卷首題識中稱：『辛丑夏日，偶檢行篋，得見舊詩一束，不僅少年在鄉游釣、在廈社友唱酬所作，雖無驚人之句，然其中猶有傷時憂國之什，不無令人可歌可泣者，爰錄若干首為三卷，署曰《圭海集》。』（載江煦《圭海集》卷首）其詩詞以吟社遊賞、詩友酬唱為多，以傷時憂國、匡時濟世為旨。

江煦重視地方詩詞文獻的輯選和刊印，除《鷺江名勝詩鈔》外，又先後選編《閩四家詩》《閩三家詩》。《閩四家詩》係江煦旅居澳門時為懷人思舊所編，計輯許珪封（曉山，臺灣內渡寄籍龍溪）《許徵君詩鈔》、蘇逸雲（壽喬，龍岩寓厦）《臥雲樓詩存》、林爾嘉（菽臧，臺灣內渡居厦）《頑石山房焚餘稿》、李禧（繡伊，厦門人）《香海集》四人四種詩集，於一九五八年在澳門刊印。《閩三家詩》係《閩四家詩》刊後為輯遺存佚而編，輯呂澂（淵甫，厦門人）《默庵詩選》、李正華（望之，厦門人）《問雲山房詩選》和施乾（健庵，晉江寓厦）《健庵詩選》計三家之詩，一九六二年在香港印行。此兩種閩詩選編流傳不廣，今已罕見。而《鷺江名勝詩鈔》一書則廣為流傳，成為近現代厦門一部重要的專題詩選。

二

《鷺江名勝詩鈔》線裝一冊，封面書名係江煦自題，鈐『仲春』印；扉頁由施乾題耑，除書名外，又有『菽莊叢書第六種』和署名；牌記：『戊子孟秋刊於嶺南』，戊子即一九四八年。卷首為《〈鷺江名勝詩鈔〉序》，列鹽瀆金式陶（鞠逸）、惠安賀仲禹、朱家駒（江南遁叟）、王人驥（選閑）、徐樹藩（屏山）五位師友之序和編者江煦自序，又有廖桂賢等六人題詞，卷末有菽莊主人林爾嘉跋語。

江煦自序頗為清晰地說明詩鈔的緣起、詩詞來源和編輯目的。自序云：

> 余生草野，每好登山臨水，流連泉石，故吾故鄉之文圃、龍門、蘇嶺、洪坑諸名勝，無不足跡殆遍。憶十年來，浪跡鷺江，抱牘榷署，公餘偶暇，輒攜斗酒雙柑作名山遊，無何，遂窮大小八景矣。

顧余性酷嗜石刻，見丹崖蒼壁間前人手澤，不盡摩挲之感，爰鈔而存之，案積盈尺，復搜集古今名著及己【己】所作者，統計凡三百篇。因念向者荔崖黃日紀先生有《嘉禾名勝記》之作，傳誦一時。然則嘉禾名勝既有記矣，安得無詩以張之耶？乃編輯成帙，彼此相輔而行，鷺江名勝其不朽乎？若謂傳得其人，則吾豈敢。時歲在丙寅孟秋之月，海澄江煦識於鼓浪嶼寓樓。（見《鷺江名勝詩鈔》，戊子孟秋嶺南版，《〈鷺江名勝詩鈔〉序》第五頁）

自序落款署『丙寅孟秋之月』，丙寅係一九二六年。金式陶序亦稱：『丙寅秋末，江子仲春慨世運日隊，盛衰有會，仰瞪遐瞻，飆起塵合，爰搜芳韞櫝，以留勝概，待玩來許，並附自著詩十餘章，率皆遣興尋幽之作。』由此可知，此詩鈔雖一九四八年始付梓，然初稿乃編於丙寅年（一九二六）。其他序言和題詞，也都從各自的角度述及詩鈔的由來和輯編情況，表達對詩鈔的評價，是瞭解這部詩鈔的來龍去脈的原始材料、重要參考。這些序言和題詞的作者，如今大多聲名消匿，不為人知，然都是編者江煦的至交好友，也是一時名家。

序作者金式陶（？—一九三五），原名谷春，字蓉溪，鼎革後改名式陶，字鞠逸，江蘇鹽城人。詩人、學者。清光緒二十三年（一八九七）舉人。著有《鞠逸吟詩鈔》《鞠逸吟續鈔》《逸園詩鈔》《逸園文集》《逸園文鈔》《讀詩識名證義》等。曾為江煦詩文集作點評。其序云：『余足趾未蹈，徒殷神想，他年或可鼓棹漫遊，必能得其要妙焉。』可見，他並未到過廈門。江煦詩詞集中有《呈金鞠逸先生》《寄懷金鞠逸先生》《哭金鞠逸先生》諸作，從中可知二人交誼甚深。

賀仲禹（一八九〇—一九四三），名仙舫，字仲禹，號繡鐵盦主人，福建惠安螺陽人，少年時移居厦門鼓浪嶼。先後被聘為英華書院、鼓浪嶼女子師範學校國文教師。一九二二—一九三一年任《道南日報》總編輯，其間兼任雙十中學國文教員。著有《繡鐵盦叢集》（二集，一九二六年、一九二八年版）、《繡鐵盦聯話》（一九三一年版）等。賀氏是厦門著名古文辭家，也是江煦的文友知交，江煦在《燕歸梁·黄梅時節乍晴乍雨，入夜無聊，適仙舫見過，剪燭共話，漫倚是解》等詩詞中抒寫二人剪燭西窗、吟詩共酌的情形。其《更漏子·繡鐵盦南窗夜話》云：『篆香微，欄字亞，低唱淺斟燈下。聽鳳籟，數漁更，樓頭星斗明。　文商略，詩咀嚼，尊酒還須待約。情話短，漏聲長，閑鷗笑客忙。』（江煦《草堂別集》，《無盡藏廬詞存》第九頁）賀序作於丁卯年（一九二七）春。

江南遁叟即朱家駒（一八五七—一九四二），號遯庸、遯叟，江蘇奉賢（後歸上海）人。清光緒五年（一八七九）舉人。清末主奉賢兩書院講席，後任江蘇省諮議局議員、江蘇通志局分纂。工詩詞，善書法，為吴昌碩所盛讚。晚年入武進苔岑社、上海鳴社、常熟虞社等詩社。著有《遯廬近墨》《重遊泮水唱和詩》《聞妙香齋詩存》等。朱家駒亦未至厦門，但多次參與菽莊吟社的徵詩徵文活動，與菽莊諸吟侶為神交，酬贈、唱和頻頻。朱序作於丁卯年（一九二七）秋，庚午年（一九三〇）又為江氏《草堂別集》作序。江煦《草堂別集》和《圭海集》收錄二人唱和詩近十首。朱氏有和詩云：『江淹情鄭重，尺素去頻回。』（江煦《草堂別集》，《風月平分草堂詩存》第六頁）可見二人多有交流。

王人驥（一八七八—一九四七），字選閑，號蒜園，臺灣安平縣人。乙未割臺後內渡歸籍龍溪，居厦門。清光緒二十八年（一九〇二）舉人，又赴日本習法政，淹通新、舊學。畢業歸國後任法部會計司主事，晉升員外郎。以堂上年高，告假歸厦，受興泉永道臺劉慶汾之聘協助新政。民國時任思明中學校長，致力於地方教育事業、市政建設和文獻的收集整理，厦門淪陷後避居鼓浪嶼。王序作於戊辰年（一九二八）冬。

徐樹藩，字屏山，臺灣人，原籍福建思明。乙未割臺後與其兄徐蘊山、徐明山舉家內渡，回原籍厦門定居。加入中國同盟會，參與光復厦門的壯舉。先後任厦門同文書院、厦門公立中學、思明中學和集美中學教員，《閩南日報》主筆、《江聲報》編輯。有《大戰後地理新教材》等著作。徐序作於戊辰年（一九二八）冬。

題詞者廖桂賢（一八五〇—一九二八），字古香，號憒庵，江西九江人。清光緒十四年（一八八八）舉人，江蘇武進『苔岑吟社』成員，著有《憒庵詩鈔》《憒庵詩文鈔》。江煦《遺懷呈廖古香先生》云：『更愛匡廬勝，鹿洞擅清幽。就中有一老，衣鉢紫雲留。詩教經傳久，江河大地流。斯文幸不墜，南來志已酬。何時親几席，悟道溯源頭。』（江煦《草堂別集》，《風月平分草堂詩存》第二頁）廖氏逝世後，江氏作《哭古香先生》詩，金鞠逸點評曰『詞意真摯』。（同上，第六頁）

題詞作者除廖氏之外，還有李禧（繡伊，厦門）、盧陳巍（漳州）、柯徵庸（同安）、沈琇瑩（南嶽傲樵，衡陽寓厦）和菽莊主人林爾嘉等五人，均為閩南詩詞名家。

卷末林爾嘉跋語作於戊子年（一九四八）七夕。跋云：『適江子索題於余，捧而誦之，誠足以傳。因與江子議，與余為《菽莊叢書》第六種，付之剞劂，以公於世。』可見，此詩鈔最終得以收入《菽莊叢書》付梓，緣於編者向菽莊主人索題。

林爾嘉時居上海，其『與江子議』之書信早已佚失，也未見論者提及。然有兩封信尚存照片（夾於厦門大學圖書館藏《鷺江名勝詩鈔》中），信封顯示為『上海（十八）常熟路一三一五六號房林寄』，寄往『澳門南灣，拱北海關文牘處』，交『江仲春先生收』。函中有《鷺江名勝詩鈔》刊印和『菽莊叢書』編纂出版的大量信息，茲抄錄如下並略作箋釋。

第一函（一九四八年六月十日）：

> 十三號復示讀悉。準以《鷺江名勝詩鈔》刻作『叢書』，感慰之至，不禁距躍三百。自兄索題時即動此念，未敢開口。茲兄既許諾，大稿應久已齊備，應可立即着手舉行，作為第六種刊刻。兄自作序言，並代弟作幾句序言。兄許刊作『叢書』第六種，大意即在澳或廣州刊刻。兄即向印刷局議價，大約印費不少，速即示知。弟當速力籌款項，趕於今年完成此韻事。次再托選編《菽莊題詠》作第七種。再其次，即悉於大著中提一部作第八種。又請再為尋覓有何佳作，以作第九種。擬即以四十、五十、六十、七十及其中四八、五五、五九、六六諸壽言，及銀婚及卅年帳詞所有詩古文詞，請兄力任編纂，作第十種，則吾願償矣。乞我兄繼尊師之後，為我力任辦完平生志願。料兄定准如所請。已定有五兒履信同兄辦完此叢書。
>
> 我兩人發生此關係，皆前定之因緣。切乞盡心力助我。至悉至禱。
>
> 祇【祇】復並頌午禧。兩心印。
>
> 卅七・六・十

茲將予所有重托之意詳言之，備知予已計劃到最後之辦法，乞我兄准許助我。今先速着手印第六種，俾早日完成為要。請閱背面。

至擬刻《焚餘稿詩選》，俟選定後先抄兩份，寄一份來，一份存兄處。可否付刻，那時方再請教，斟酌決定之。

此函主要談《鷺江名勝詩鈔》列入『菽莊叢書』刊刻之事和『菽莊叢書』的編纂出版計畫。『菽莊叢書』是菽莊主人林爾嘉主持刊印的系列出版物，已刊五種，為別為：第一種，呂世宜著《古今文字通釋》十四卷，壬戌年（一九二二）刊印；第二種，陳棨仁著《閩中金石略》十五卷，甲戌年（一九三四）上海中華書局代印；第三種，沈琇瑩（南嶽傲樵）著《寄傲山館詞稿》十四卷，庚辰年（一九四〇）刊於鷺江；第四種，林爾嘉著《頑石山房筆記》四卷，壬午年（一九四二）刊於鷺江；第五種，沈琇瑩（南嶽傲樵）詩集《壺天吟》六卷，癸未年（一九四三）刊於鷺江。

按信中所言出版計畫，『菽莊叢書』擬刊印十種，《鷺江名勝詩鈔》作為第六種，當年出版。第七種為《菽莊題詠》，委託江煦選編。林爾嘉所建菽莊花園自癸丑年重陽（一九一三年十月八日）落成之日起，即成為詩人墨客宴集雅會之所，且多次以莊內景點為吟詠題目，有大量的菽莊題詠之作，而『菽莊』也成為著名的鷺江名勝景點，二十世紀三十年代所謂『鼓浪嶼八景』中的『藏海明月』『補山黃花』即屬『菽莊』。然而，《鷺江名勝詩鈔》未列『菽莊』條目，其『鼓浪嶼』條簡介言及菽莊，稱『莊內有藏海園、四十四橋、十二洞天、聽潮樓、談瀛軒、眉壽堂、小蘭亭、壬秋閣、亦愛吾廬、頑石山房、拜石臺諸勝』（第八十八頁），但未選錄菽莊題詠之詩。這一情形與清乾隆時黃日紀編纂《嘉禾名勝記》，大量選抄其私家別業『榕林別墅』之題詠迥異。我認為，之所以如此，正是因為『菽莊題詠』已被定為『菽莊叢書』第七種另行刊印，並已由江煦負責選編。遺憾的是，此計畫最終成為泡影。『菽莊叢書』第八種擬從江煦所著書中選取，其時江煦的詩文集《草堂別集》和詩集《圭海集》均未刊印，此外尚有筆記著作《嶺南聞見錄》等稿。第九種尚無具體對象，故請江煦代為尋覓佳作。第十種擬選編林爾嘉歷次壽慶和結婚紀念的慶賀詩文，亦委託江煦選編。菽莊吟社為林爾嘉舉辦過多次壽慶和結婚紀念，收到海內外賀詩壽文甚多，其中四十、四十八、五十、六十等四次壽慶之壽言和銀婚、結婚三十年之帳詞，已先後結集刊印，可供選編。一九四四年的七十壽慶也得諸多詩文，因在戰時未刊印。五十五、五十九、六十六壽慶活動不詳，而壽言也罕見。

信末所云『擬刻』之《焚餘稿詩選》，當即《頑石山房焚餘稿》，係林爾嘉的個人詩選，江煦曾於戊子年（一九四八）為之作序，未見刊刻。一九五八年江氏編印《閩四家詩》，從中選詩四十一首，編為《頑石山房焚餘稿選》收入。

林爾嘉把計畫中的『菽莊叢書』後面幾種和自己的詩集的編選和刊印，都委託給了江煦。然而，由於時局劇變，上述出版計畫未能實現，江煦的《鷺江名勝詩鈔》成為『菽莊叢書』的最後一種。

第二函（一九四八年七月三日）：

（前略）風景詩鈔排印，兄當能與書局妥議決定行之。尚有幾點：一、題耑即請兄自題。一、題簽免署名出版者，應用兄名。（書刊於澳門亦無妨。而此點略有斟酌處。）一、代印者澳門書局必書刷印所，然則題耑自不能不書刊於澳門。一、發行者用菽莊吟社（《金石略》亦用菽莊吟社），校字擬用林履信，尊意以為何如？最後一頁請檢閱《金石略》，照樣為宜。

大概如是。以後惟兄與書局協訂進行，惟進行後分期交款日期詳明示知，以便籌措匯上。將來出版，寄一部份來上海，托書局代售，餘均存兄處，或在澳或寄廣州托書局代售。

今年賜文，客多稱此文意味至佳。予今惟望天照大文『是則天必與之獨厚而享遐齡，以遂其願』之句，俾得與兄商量整理，多刻幾部公之於世，為至盼禱也。此達。祇【祗】頌

吟祺。兩知。

卅七．七．三

此書將來如可多售，即可再翻印，不致如《金石略》尚存叁百部無人要，無處收藏，已大半蛀壞。可惜可惜。

叁百本與五百，價差無多，所以予擬印五百。如何為宜，兄酌決之。

此函主要商議和交待詩鈔刊印的具體事宜。從中可知若干信息：此書係由澳門書局刊印，牌記所記『戊子孟秋刊於嶺南』，具體即在澳門；詩鈔卷末所署『龍溪林履信校字』，未必屬實；印數可能在五百本。信中所言《金石略》即陳棨仁《閩中金石略》，為『菽莊叢書』第二種。『今年賜文』，當指江煦所作壽文，未見；江煦《草堂別集》收有《壽菽莊詞丈七十二文》，系兩年前所作。

「五色吟毫新定稿，長留韻事在人間。」（林爾嘉題詞句）此詩鈔從一九一六年前後遊覽鷺江名勝、搜集題詠，到一九二六年輯編成書，再到一九四八年收入《菽莊叢書》付梓，經歷了數十年的漫長歷程。

三

《鷺江名勝詩鈔》列出廈門名勝景點二十多處，各有文字簡介，大多配有圖片。圖文之後便是詩抄，「始自宋賢，終於近人，末附己作」（《例言》）。

「鷺江名勝」始紀於史志，向有「八景」「二十四景」（「大八景」「小八景」「景外景」）之說。江煦自序云：「憶十年來，浪跡鷺江，抱牘榷署，公餘偶暇，輒携斗酒雙柑作名山遊，無何，遂窮大小八景矣。」在開篇「鷺江」條，江煦列舉了廈門「大小八景」，云：「鷺江舊稱八景：洪濟浮日、陽臺夕照、萬壽松聲、虎溪夜月、篔簹漁火、鴻山織雨、五老淩霄、鼓浪洞天。後人補八景：南普蓮香、海蜃晚照、白鹿銜煙、雙潭獨月、龍湫塗橋、萬笏朝天、水天一色、金雞曉唱。」（《鷺江名勝詩鈔》第二頁）所謂「鷺江舊稱八景」即指「大八景」，由來已久，早有定論；而「後人補八景」則指「小八景」，所列舉者與時論頗有出入。

鷺江「八景」最早見於清乾隆年間薛起鳳主纂《鷺江志》附「八景圖詩」，所列「鷺門八景」均有圖並配詩詞，另按八景之名收錄詩家題詠數十首。（見薛起鳳主纂《鷺江志》，江林宣、李熙泰整理，鷺江出版社一九九八年版，第一〇九—一三九頁）卷一記述鷺島山川形勝，亦隨各景點選抄八十餘首題詠詩詞。江煦所列舊八景名目與『八景圖詩』相同。

清道光年間周凱主持編修的《廈門志》未列八景，其卷二『分域略・沿革』寫道：『《鷺江志》載八景曰：洪濟浮日、陽臺夕照、萬壽松聲、虎溪夜月、鴻山織雨、篔簹漁火、五老淩霄、鼓浪洞天。後人又補為十二景。凡志皆有八景、十二景之名，並繪圖焉。廈門屹立海上，極目蒼茫，波濤拍天，沐日浴月，陰陽開闔，變化萬狀，其佳景正不在此。且凡志所謂八景、十二景者，亦各陳陳相因，吟詠類似，殊乏趣味。故從略焉。』（廈門市地方誌編纂委員會辦公室整理《廈門志》，鷺江出版社一九九六年版，第十七頁）由此可知，在清道光十九年（一八三九）《廈門志》刊刻之時，廈門名勝已由原有『八景』擴充為『十二景』，新增四景。

《廈門市志（民國）》承道光《廈門志》餘緒，紀廈門名勝不囿於『八景』之例。其卷七『名勝志』云：『《元和郡縣誌》始載古跡，後世志書因之，遂侈談名勝矣。顧名勝何限各志，祖宋迪之八景，未敢損益，殊屬費解。廈市，東南名區也。山勢雄奇，巖壑尤美。叢林勝概，不可殫紀。』（廈門市地方誌編纂委員會辦公室整理《廈門市志（民國）》，方志出版社一九九九年版，第一二九頁）宋迪係北宋畫家，嘗作山水畫《瀟湘八景》。卷七『名勝志』按地名分類列目介紹，並錄有大量題詠詩詞。

民國年間各類介紹廈門之書，也大多設『名勝』專題，介紹名勝景點，抄錄名勝題詠。

蘇警予、陳佩真、謝雲聲編《廈門指南》（廈門新民書社一九三一年印行）第二篇『地理』之『名勝』部分，只舉地名並作簡介，不稱景名，然篇後附錄名人題詠，收錄廈門歷代名勝詩甚多，按景點歸類編次。（參見《廈門指南》，第二篇『地理』第一二—三一頁）

厦門工商廣告社編纂部編《厦門工商業大觀》（厦門工商廣告社一九三二年印行）第二章『名勝古跡』，前三節分別介紹了厦門大八景、小八景和景外景，第四節介紹別墅園林。其中對大、小八景的介紹甚詳，且注明景點所在地，每一景附古今詩人題詠詩一首。所舉『厦門大八景』為：洪濟觀日（洪濟山）、陽臺夕照（羊角寨）、萬壽松聲（萬壽巖）、虎溪夜月（虎溪巖）、鴻山織雨（鴻山寺）、篔簹漁火（篔簹港）、五老淩霄（五老山）、鼓浪洞天（日光巖），均與《鷺江志》載八景同，唯『洪濟浮日』稱為『洪濟觀日』。『厦門小八景』為：金榜釣磯（金榜山）、龍湫塗橋（龍湫亭）、萬石鎖雲（萬石巖）、太平石笑（太平巖）、白鹿含煙（白鹿洞）、金雞曉唱（金雞亭）、中巖玉笏（中巖）、天界曉鐘（醉仙巖）。『景外景』介紹較簡略，未附詩，分別為：白鶴下田、高讀琴洞、寶山聖泉、深穴怪光、碧山合歡、聳巘燭天、風動舟石、廣福朝陽；景觀分別位於白鶴巖、高讀巖、寶山巖、金交椅山、碧山巖、青墓山、外清麓、廣福宮。（參見《厦門工商業大觀》第二章『名勝古跡』第一—十一頁）這是我所見的最早的厦門完整的二十四景。一九三七年十一月刊印的《天仙旅社特刊》（呂天寶編，厦門開明印刷公司印行）『厦門指南』部分之七『名勝古跡』，所舉厦門大小八景和景外景，便是從《厦門工商業大觀》中直接照搬，而對這些景觀的介紹也基本上是從此書中抄錄摘取。（參見《天仙旅社特刊》，『厦門指南』第一〇—一八頁）

薛景賢編《最新厦門快覽》（南新印書局一九三五年版）第二章『名勝古跡』，介紹了五老淩霄、虎溪夜月、白鹿含煙、太平石笑、雲頂觀日、金雞唱曉、白鶴下田、龍湫塗橋、萬壽松聲、鴻山織雨、篔簹漁火、鼓浪洞天及中巖鄭延平郡王祠，計十三處景點。（參見《最新厦門快覽》第四—八頁）這裡沿用了舊八景之景點名，但未用『八景』或『十二景』之稱。

林孟春等編《廈門名勝攝影大觀》（一九三五年刊印），亦把廈門名勝分為『大八景』『小八景』『景外景』，各景均有照片，並配簡介和題詩。『大八景』為：洪濟觀日、鼓浪洞天、鴻山織雨、虎溪夜月、五老凌霄、萬壽松聲、篔簹漁火、白鹿含煙；『小八景』為：金雞曉唱、中巖玉笏、龍湫塗橋、萬石鎮【鎖】雲、太平石笑、碧山合歡、寶山聖泉、醉仙巖（即天界曉鐘）；『景外景』僅二處：高讀琴洞、風洞石（風動石）。（參見《廈門名勝攝影大觀》，第一—一七頁）此書所列大小八景，與江煦所言有出入。

楊滴翠編《新廈門指南》（華南日報社一九四一年版）『遊覽』部分設有『大八景』『小八景』『景外景』之目，對各景介紹頗詳，介紹中多引名人遊覽題詩，並各配照片一幅。『大小八景』與《廈門商業大觀》所舉同，唯『萬石鎖雲』稱『萬石朝天』；『景外景』則有變化，『深穴怪光』『風動舟石』『廣福朝陽』三處舊景觀被替換，新『景外景』為：寶山聖泉、石泉龍液、碧山飛泉、白鶴下田、聳鱲灼天、紫雲得路、高讀琴洞、壽山聽蟬。（參見《新廈門指南》，第一五二—一六八頁）

這是廈門二十四景的另一個版本。這一版本為後人所沿襲。如抗戰勝利後廈門市政府統計室編《廈門要覽》（一九四六年十一月刊印），其第十七『名勝』列舉廈門『廿四景』，含『大八景』『小八景』『景外景』，內容和名稱均與此相同，唯次序有所不同。（參見《廈門要覽》，第七〇—七二頁）吳雅純編《廈門大觀》（一九四七年印行，廈門新綠書店經售）『名勝』部分，『概述』云：廈門『名勝分大八景、小八景和景外景』；接着對各景依次列目，逐一介紹，景目亦均與此同，唯景外景之『聳鱲灼天』改作『聳天鱲灼』。（參見《廈門大觀》，第一八四，一八六—一九六頁）

《厦門大觀》又稱：『至於久年湮沒之「深穴怪光」「霞溪綠竹」「風動舟石」「水仙浮詩」「廣福朝陽」以及「桂州昆池」等景概無刊入。』（《厦門大觀》，第一八四頁）這裡所言『霞溪綠竹』『水仙浮詩』『桂州昆池』三景為以上各書所無。可見，厦門歷史上的所謂『大小八景』、二十四景等名勝景觀，還有其他的版本。

以上厦門景觀及其名稱的變化，反映了《鷺江名勝詩鈔》刊印之前人們對『鷺江名勝』的認識，為江煦輯編此書提供了重要參考。

四

厦門歷史文獻收錄厦門名勝古跡題詠者甚多，上述薛起鳳主纂《鷺江志》等史志和蘇警予等編《厦門指南》等地方介紹之書均有輯錄，但專門的厦門名勝詩選，在《鷺江名勝詩鈔》之前，僅清乾隆時黃日紀編《嘉禾名勝記》一種。江煦編《鷺江名勝詩鈔》，明顯受黃氏此書的影響。

黃日紀（一七一三，一作一七一八—約一七八三），字叶庵，亦作叶庵、叶三（協三），號荔崖，福建龍溪人，遷居厦門。清乾隆十二年（一七四七）以生員出任『中書』，後升任兵部武選司主事。曾從著名詩人、學者沈德潛學詩。後歸隱厦門，辟『榕林別墅』，組建『雲洲詩社』，邀集詩人文士唱酬題詠，是當時厦門詩壇的領軍人物。著述宏富，今存者除《嘉禾名勝記》外，尚有個人詩集《荔崖詩集》《歸田集》，以及選編《全閩詩鐫》《榕林匯詠》等。黃氏編《嘉禾名勝記》，清乾隆丁亥年（一七六七）榕林別墅刻本，二卷。此書列出厦門名勝景點二十八處，逐一作扼要介紹，並抄錄明清兩代數十位文人名士的題詠詩詞二百九十二首，碑記等記敘文十二篇。

《鷺江名勝詩鈔》作者自序已申明其選編動因在於『向者荔崖黃日紀先生有《嘉禾名勝記》之作，傳誦一時』，故欲與之相輔而行；而詩鈔的編輯體例和對各景點的介紹，也多仿照和援引黃氏之書。但是，江煦所選抄名勝詩詞，基本是自己搜集所得，與黃氏此書重複不多、關係不大。以黃日紀之詩為例，《嘉禾名勝記》自選二十六題三十三首，而江煦此書收錄黃氏詩亦多，計十五題四十三首，然重複者僅四題七首，且其中多首有異文，顯然是從他處輯錄。

江煦編纂《鷺江名勝詩鈔》的詩詞來源，一為名勝古跡題刻的抄錄，另一為刊集名著的選輯。其自序云：『顧余性酷嗜石刻，見丹崖蒼壁間前人手澤，不盡摩挲之感，爰鈔而存之，案積盈尺，復搜集古今名著及已【己】所作者。』《例言》亦稱：『是編以石刻及刊集鈔錄而成。』二者又以石刻抄錄為主要途徑和依據。

例如《鷺江名勝詩鈔》之『玉屏山』條，收錄黃日紀詩《丙戌秋同蔡漢廷司鐸重過孕上人禪房》七絕四首。這組七絕有黃氏自書之摩崖石刻，位於廈門虎溪巖寺前。查對《廈門摩崖石刻》所載之詩刻圖片，唯一字出入，當係手民之誤，其餘詩句及詩題均無異。（見廈門市政協文史和學習宣傳委員會編《廈門摩崖石刻》，福建美術出版社二〇〇一年版，第七十六頁）黃日紀《嘉禾名勝記》『虎溪巖』條亦收錄此四首，詩題改作《重遊虎溪巖四首》，且有異文，應為修改稿。顯然，這組詩不是轉引黃氏《嘉禾名勝記》之修改稿，而是錄自黃氏自書之摩崖詩刻。

上述組詩詩題中『丙戌』即清乾隆三十一年（一七六六），是《嘉禾名勝記》刊刻的前一年。其一云：『幾時不到東林寺，一別支公已數年。今日重過方丈坐，僧窗猶見舊詩篇。』《嘉禾名勝記》將第二句改為『一別山門已隔年』。東林寺在廬山，係東晉高僧慧遠所建，這裡借指虎溪巖寺（一說該寺原名東林寺），因東林寺前有虎溪，故頗恰切。『支公』指東晉高僧支遁，與慧遠同負盛名，然畢竟與東林寺無關，這裡用來借指虎溪巖寺方丈未免牽强，若非忌孤平，當可用『遠公』。而將『支公』徑改為『山門』，則更為妥貼。因原詩題為重過上人禪房，而非訪上人，又後兩句有『重過方丈坐』『僧窗猶見』之語，可知此時上人其實已不在寺中。『已數年』改為『已隔年』，則表明作者在前一年還入寺門。顯然，與上人分別多年並非多久未到寺中，而是由於上人早已離開。組詩其二云：『暑氣欲殘巖氣秋，藤蘿絡石迥清幽。偶邀蘭榜來蓮社，苦茗芳醪敘舊遊。』《嘉禾名勝記》將第三句改為『桑門舊友依然在』，第四句『舊遊』改為『昔遊』。原第三句『蘭榜』，詩刻為『蘭譜』，即金蘭譜，喻結義兄弟，這裡指同行的蔡漢廷司鐸；『蓮社』用慧遠在東林寺結蓮社之事，借指虎溪巖寺。這一句與後一句『敘舊遊』連接欠順，因為邀來『蘭譜』之人並非敘舊對象，前一首也言只見禪房不見故人，所以，『敘舊遊』句並無着落。而改為『桑門舊友依然在』則順暢得多。桑門即沙門、僧侶。方丈老友已不在寺中，然尚有其他僧侶舊友招待、敘舊。末句『舊遊』改為『昔遊』，則是為避免重字。

總體而言，《嘉禾名勝記》中的修改稿更為熨帖。然而，江煦編《鷺江名勝詩鈔》卻棄之不用，仍然採用摩崖石刻原稿。這表明，他更重視自己的登山臨水、訪古探勝，從殘碑斷碣中的搜集。王人驥序云：『吾友江子仲春，性好山水，工吟詠，每逢春秋佳日，攜斗酒雙柑，登高望遠，一邱一壑，恒低徊不忍去，間有殘碑斷碣、名人題詠，必錄而存之，久遂裒然成帙。』其自序稱：『顧余性酷嗜石刻，見丹崖蒼壁間前人手澤，不盡摩挲之感，爰鈔而存之。」『性好山水』『性酷嗜石刻』，而輯編名勝詩鈔則是他的這種本性和愛好的結果，所以，他要把愛好和酷嗜表現出來，必然是主要採用丹崖蒼壁石刻的抄錄。

誠如作者自序和《例言》所言，此詩鈔除了搜集石刻題詩，也抄錄『刊集』『古今名著』。儘管未注出處，『刊集』『名著』來源不明，但可以肯定的是，首先應有黄日紀除《嘉禾名勝記》外的多種詩集和編著。

《鷺江名勝詩鈔》收錄作品以黄日紀詩最多，又收錄大量題黄氏榕林別墅之詩。書中『鳳凰山』條係介紹榕林別墅專題，其中所錄黄氏《榕林二十四景》詩五絶二十三首（缺一首）及《和姜笠堂題榕林原韻》七律一首，為黄氏現存五部作品集缺收。此外，『紫雲巖』條所錄七律一首，亦為作品集缺收。（參見朱思凡著《黄日紀研究》附錄二『集外詩文輯錄』，福建師範大學碩士學位論文，二〇一二年）全書所收黄氏詩四十三首，多數為厦門摩崖石刻和黄氏《嘉禾名勝記》所無，且其中二十五首未為現存其他文獻所載，當出自黄氏已佚之編著，如詩集《奚囊集》《内史集》《中樞集》《龍江集》及所編《榕林偶吹》《榕林倡和集》等。黄日紀的這些著述，應有部分為江煦所參考。

此外，選錄的其他重要名著還有近人王步蟾的《小蘭雪堂詩集》和林鶴年的《福雅堂詩鈔》。《鷺江名勝詩鈔》分别收錄二人詩二十六首和三十首，這顯然得力於他們的上述兩部詩集。

王步蟾（一八五三—一九〇四），字桂庭，又字金波（亦作金坡），厦門人。清舉人。清末曾任閩清縣教諭。光緒十一年（一八八五），厦門禾山書院在原安睦書院舊址後院開設，受聘為山長（院長）。後又掌教紫陽書院，門下多出名士，與吕澂同為清同光間厦門最負盛名的文人。其詩集《小蘭雪堂詩集》十一卷，分為四冊，共收近體詩九百餘首，清光緒二十九年（一九〇三）刊印。詩集中多紀遊詩，卷二有絕句組詩《鷺門雜詠（六十首）》，江煦從中選錄十首，以《鷺江雜詠》為題置於卷後，另單獨抽出數首放入相關條目。

林鶴年（一八四六—一九〇一），字氅雲，又字謙章，號鐵林，晚號怡園老人，福建安溪人。清舉人。官工部虞衡司郎中、廣東道員加按察使銜。一八九二年渡臺承辦臺灣茶稅和船捐等，乙未（一八九五）之年內渡。居廈門鼓浪嶼，辟怡園，創設『怡園聚詠』，後卒於廈。其詩集《福雅堂詩鈔》十六集，存詩二千餘首，清光緒二十九年（一九〇三）刊印，民國五年（一九一六）重版。江煦所選主要錄自卷六《水仙集》。此集有七絕組詩《鷺江棹歌（並序）》共二十首，江氏抽出其中第五首『洞天鼓浪隔江尋』單獨放入『鼓浪嶼』條，並刪去小序，其餘十九首仍以《鷺江棹歌》為題置於卷後。

除了名家個人詩集之外，已知其景點介紹所參考的書籍，主要有《嘉禾名勝記》，以及《鷺江志》《廈門志》《同安縣志》《泉州府志》等幾部史志。這些史志也都有山川名勝介紹，並收錄部分相關詩詞作品，也成為其選抄的依據和底本。

江煦對鷺江名勝詩詞搜集頗廣，選抄亦精，用功甚勤。但不可諱言的是，詩鈔疏於校勘，多所錯漏。此書《例言》云：『石刻、遺著年久代湮，間有殘缺或苔侵剝蝕，字跡不明者均空白之。若原文有誤，亦未敢擅改，付諸闕疑，以待通人正之。』查詩鈔刊本，缺字留空白者多達四十多處。其中十四首詩有缺字，共缺二十五個字。這固然是原石刻殘缺模糊不清的緣故，但其中多首已為其他文獻完整收錄，江氏並未據以校補。如：『洪濟山』條，劉存德詩《留雲洞》末句『曼得□天遊』（缺字為『與』）；

『玉屏山』條,王用霖詩《同池孝廉遊虎溪巖》第二句『□濛海氣逗非煙』、第五句『幻境每開詩□□』(缺字分別為『溟』『囿窖』);『醉仙巖』條,倪邦良詩《遊天界寺黄亭》第五句『長卿□澹非關病』(缺字為『宦』)。這幾首已見載於《嘉禾名勝記》,且不缺字,而江氏卻忽略了。此外還有多處史實年份空缺,亦未查補,留下明顯缺陷。

抄錄自刊集文獻之詩作,亦有校勘未精審,沿襲原書舛誤之處。如『鼓浪嶼』條目中詩題《鼓浪嶼》、署名『丁一中』之五律二首的作者問題。此二首云:『須彌藏世界,大塊得浮邱。巖際懸龍窟,寰中構蜃樓。野人驚問客,此地只憐鷗。歸路應無路,十洲第幾洲。』『一水分煙嶠,沙舟客共登。崇巖參佛古,仄徑躡雲層。遂作憑虚觀,因逢彼岸僧。何能拋紱冕,長此覓三乘。』詩已見於鼓浪嶼日光巖石刻和《嘉禾名勝記》《鷺江志》等多種歷史文獻。江煦詩鈔所據當為文獻,與最早出版之《嘉禾名勝記》所錄僅第二首第三句『佛古』原作『古佛』一處出入,而與日光巖石刻則頗多不同,詩句多處異文,詩題亦異。石刻詩題為『鼓浪嶼石巖禮佛同謝痦雲池直夫』,詩後另有題款『天啟癸亥冬日關中南居益書』,為詩鈔所無。『天啟癸亥年』即明天啟三年(一六二三),先於最早的收錄文獻一百四十多年。顯然,詩刻比文獻著錄更具史證價值。

石刻未署作者,《嘉禾名勝記》《鷺江志》等文獻則有『丁一中』之署名,而江煦沿襲之。然而,這一作者署名其實是誤斷。從石刻詩題和落款,結合歷史背景和相關人物履歷,可以推斷,詩的作者不是丁一中,而是書寫者南居益。

丁一中不可能如詩題所示,『同謝痦雲池直夫』一起『鼓浪嶼石巖禮佛』。謝痦雲即謝隆儀,名國，一名弘儀，字簡之，號瘖雲，會稽人，來厦時任福建總兵；池直夫即池顯方，字直夫，號玉屏子，福建同安人，明末閩南名士。丁一中亦名肖鶴、少鶴，字庸卿，一敬弟，江蘇丹陽人。據《泉州府志》，他在明隆慶元年（一五六七）出任泉州府同知（即郡丞，副職），任至萬曆初，後『擢戶部榷税邗關』（《丹陽縣志·名臣卷》）離開福建。在任期間曾多次來厦門，邀朋覽勝，留下諸多詩作和題刻。鼓浪嶼日光巖摩崖石刻『鼓浪洞天』四個大字，就是他來厦遊覽留下的題刻。據現存史料，他最後一次來厦門遊覽是在萬曆元年（一五七三）。而謝隆儀於明天啟二年（一六二二）九月升任福建總兵官，隔年方入閩來厦，時間相差數十年。池顯方則生於明萬曆十六年（一五八八），更沒有作伴同遊的可能。

詩刻書者南居益，字思受，陝西渭南人，明天啟三年（一六二三）七月任右副都御史，巡撫福建。其時荷蘭殖民者不斷侵擾我沿海各地，南居益入閩後即為抗擊荷寇來厦督師，其間與謝隆儀、池顯方兩人過從密切。據道光《厦門志》卷十六『舊事志』載，天啟三年，『紅夷復入中左所曾家澳』，『秋，紅夷犯鼓浪嶼』，厦門官軍奮起抗擊，禦卻之、擊破之。十月，『隆儀與巡撫南居益定計駐節厦門』；『冬十月二十四日，福建總兵官謝隆儀大破紅夷於浯嶼』。（見厦門市方志辦整理《厦門志》，第五二八頁）南居益與總兵謝隆儀共同商定對敵計策，共同指揮攻剿荷軍的行動；剿夷之餘，也一同訪古覽勝。詩刻題款『天啟癸亥冬』，當是在『大破紅夷於浯嶼』後心情舒暢之時。

南居益與池顯方結識訂交始於來厦之後，故池氏《南思受中丞視師海上貽書俯念敬贈》詩稱：『非遇海氛引，何因識袞衣。』（池顯方《晃巖集》卷之四，厦門大學出版社二〇〇九年版，第九八頁）池顯方當時與石刻詩作者同登鼓浪嶼石巖禮佛，有步韻和詩二首，題為《陪南思受、謝簡之登鼓浪嶼，和中丞韻》，收入其詩文集《晃巖集》卷之四，江煦《鷺江名勝詩鈔》『鼓浪嶼』條亦收錄。詩題中『中丞』，即指南思受（居益）。『中丞』為漢代御史大夫下兩丞之一；明代改御史臺為都察院，都察院副都御史職位相當於前代御史中丞，而明清兩代常用作巡撫的加銜，因此明清時巡撫也稱中丞。南居益時任右副都御史、福建巡撫。查池氏《晃巖集》，其中詩題亦有直接用『南思受中丞』者，如《呈南思受中丞》《南思受中丞視師海上貽書俯念敬贈》等。可見，和詩原玉的作者，即是詩刻書寫者南居益中丞。

現在厦門地方文史界大都認定日光巖石刻《鼓浪嶼石巖禮佛同謝寤雲池直夫》詩的作者即是書寫者南居益，而不是多種歷史文獻所著錄的丁一中。如《厦門市志（民國）》整理者即為該書引錄此詩加注：『此乃南居益詩，誤為丁一中所作。』（見《厦門市志（民國）》，第一三三頁）但未見對這個問題的具體論證，故略作考據和梳理。

清代文字訓詁學家段玉裁《與諸同志書（論校書之難）》云：『校書之難，非照本改字不訛不漏之難也，定其是非之難。是非有二：曰底本之是非，曰立說之是非。』從江煦此書校勘的疏漏，亦可見校書之不易。然瑕不掩瑜，誠如林爾嘉跋語所言，『其中頗多名賢佳作，為世所未見者』；其刊佈，『不僅名賢之遺作不致湮滅，而鷺江名勝亦因以傳』。這也就是江煦選編、印行《鷺江名勝詩鈔》的歷史意義。

洪峻峰

二〇一九年九月於厦門大學

國立廈門大學圖書館惠存

林爾嘉謹呈

菽莊叢書第六種

鷺江名勝詩鈔

施乾題耑

戊子孟秋
刊於嶺南

鷺江名勝詩鈔序

鷺江爲漳泉形勝之區林翳蒼莽川原盤滙軸轤雲集天海風迴逸客騷人於焉蔚萃或狀溪巖幽茂或誌仙佛靈蹤或暢風月清懷或抒英豪偉抱大都借境寫心悲歌弔古洵足傷已丙寅秋末江子仲春慨世運日陵盛衰有會仰瞪遐瞻颷起塵合爰搜芳韞櫝以留勝概待翫來許並附自著詩十餘章率皆遣興尋幽之作乃邦有湫阨雲狗離奇來日大難更不知若何景象也余足趾未蹈徒殷神想他年或可鼓棹漫遊必能得其要妙焉引領天南曷其有極盥瀆

鞠逸氏金式陶叙於笑俗樓

江山舊夢盡入奚囊風月閑愁都歸詩債雅人韻事雲煙供筆墨之驅騷客幽情泉石寄胸襟之趣固不特滄溟放眼俯仰興懷花木關心徘徊感慨每値佳辰令節羌獨往而獨來抑逢蘭若梵宮只自吟而自止藉以抒盈腔之悵觸銷滿腹之牢騷已也夫秋月春風等閒誰得山邊水曲寄傲偏曾偶將身世餘愁惆悵效唾壺之破聊把家山賸恨猖狂同佩劍之敲似王之渙畫壁旗亭何處來拂塵紅袖若謝元暉驚人落雁幾囘得拭淚青衫是亦有萬不獲已之孤懷

無可奈何之墜緒者矣乃若歌酣一曲扣艇吹殘酒煖千杯提壺泛去珠簾捲雨江天快一覽之奇觀鐵甕澄秋水月開雙清之勝境與鶴終宵而語鷗溆停車伴僧半日之閒螺峯展步其能無深歡逝跡陳之感切情遷事過之悲也哉然則見說前塵空談昔有名區千古孰知來者之蹤勝地一弓疇念曩時之客望空山之老樹結懷想於伊人對落木之西風傷睽違於曠代使不洞簫有賦焉傳佳句於王褒郎令黃鶴無題漫說窮才於李白則春水泛謝公之埭簪纓之雅集誰攀秋風尋季子之祠裙屐之幽懷曷繼鳴

呼此弔古者所以詩鈔冷壁傷心人因而筆橐荒邱豈無端哉深有慨耳若江子晴菴者卽其人也爾乃身輕竹杖步健芒鞋倚棹尋詩訪煙霞而笑傲看山覓句取風月以平章愛多景之清佳渾忘歲月懷良辰以臨眺不閒春秋故能長吉囊中滿貯名人綺麗歐陽筆下遍鈔墨客珠璣四壁玲瓏取之不厭千秋雅韵挹去如新呼將明月清風前歡宛在拾得陽春白雪古調同聽采薇搜先輩之詩惟一拳之不泐刻棗付手民之拓雖萬鎰其何加僕也風雅莫聞看花眼冷之無畧識作嫁心煩嘆山水之無緣誠聰明之

太誤白居易劍池香徑小住未能杜樊川禪榻鬢絲生愁轉甚問此軟紅十丈何當附驥之閒身對茲冰雪一編敢外塗鴉之小序丁卯仲春惠安賀仲禹序於繡鐵盦

江子仲春余曾題其祖母夫人行述復馳書屬題其所輯鷺江名勝詩鈔因知仲春天性眞摯而又風雅宜人者鷺江距江南遠在三千里外僕衰老不復能躐屐遊訪心竊憾之讀仲春自序並其所作萬壽巖金雞亭醉仙巖虎溪巖白鹿洞諸詩不啻親歷其勝焉甚矣仲春之厚我也他日其所鈔集之鷺江名勝

歷代名人之作付之棗梨而公諸同好焉則仲春之厚我者並不一而足矣仲春眞摯人度不以余言爲河漢也丁卯立秋日江南遯叟書

鷺江四面瀕海俗稱古桃源自李唐來文人流寓間有隱君子者出焉南陳北薛開文化之曙光迄今千餘年流風未泯騷人墨客訪塲老之故居弔草雞之遺址父老猶能指而道之吾友江子仲春性好山水工吟詠每逢春秋佳日携斗酒雙柑登高望遠一邱一壑恆低徊不忍去間有殘碑斷碣名人題詠必錄而存之久遂裒然成帙余與君訂交伊始見其人恂

恂然類有道者流毫無末俗浮靡之習蓋深信其浸淫風雅而能自葆其眞者心焉儀之今冬君出示鷺江名勝詩鈔幷自作詩十餘首彙成一册將以質諸世余讀其詩益信君之能自葆其眞而證余言之不謬夫時至今日斯文將墜躁進者馳逐於利慾之場浮夸者復醉心歐化一二呫嗶輩又每蹈文人結習爲有識者所詬病君丁此潮流手把一編俯仰今古慨然有遺世獨立之意蓋其志趣已高人一等矣以君年少而志趣已若是異時深造之功吾惡乎測之哉斯編題詠類皆一時名人寄興而作可歌可泣都

付詩人無古無今須歸作者試觀古來名山勝蹟不旋踵而夷於荒煙蔓草間者何可勝道此編一出則地以人傳人以詩傳吾廈名勝亦與之俱傳後之視今猶今視昔他日三都萬紙不脛而走其光燄之不可掩者世且爭先觀之以爲快也戊辰冬至五日選閑王人驥序

將欲窮山川之勝槩搜宇宙之奇文則必探崑崙而採黃竹之歌登岣嶁而尋禹碑之記涉涇渭而觀石鼓之文其次則求李篆於瑯琊訪班頌於燕然摩挲石刻往復低徊此誠極斯文之大觀矣然而世人蓋

多病未能焉夫好高鶩遠常情所同吾人於兒時遊釣之鄉雖一壑一邱足蹟未能徧及而侈談高舉欲極遠以探幽非愚則妄耳邇者江君仲春以所輯鷺江名勝詩鈔示余屬余爲序余既羡其遊踪之徧及鷺島而又喜其操觚握槧之勤也寧惜一言爲附驥乎語云行遠自邇登高自卑江君其有取於是耶他日寰宇訪碑輶軒錄古又當以此爲發軔也戊辰冬至後十日屏山徐樹藩序

余生草野每好登山臨水流連泉石故吾鄉之文圃龍門蘇嶺洪坑諸名勝無不足跡殆遍憶十年來浪

跡鷺江抱牘権署公餘偶暇輒携斗酒雙柑作名山遊無何遂窮大小八景矣顧余性酷嗜石刻見丹崖蒼壁間前人手澤不盡摩挲之感爰鈔而存之案積盈尺復搜集古今名著及己所作者統計凡三百篇因念向者荔崖黄日紀先生有嘉禾名勝記之作傳誦一時然則嘉禾名勝既有記矣安得無詩以張之耶乃編輯成帙彼此相輔而行鷺江名勝其不朽乎若謂傳得其人則吾豈敢旹歲在丙寅孟秋之月海澄江煦識於鼓浪嶼寓廔

題詞

廖桂賢

天地有大文山川靈秀是山川不能言文章表其異
古名山大川皆以文人貴名地得名流歌詠成軼事
勝蹟遍方輿臚舉難悉備或以招奇觀或以藏幽致
造物廣雕鎸鬼斧神工肆仁智樂雖殊游賞同快意
下及各都邑得名傳奕禩賦傳赤壁遊樓傳岳陽記
高閣序滕王雅集蘭亭至詩紀琵琶行書墓廬山誌
五嶽五湖外其餘可推類古閩有鷺江風景妙無雙
地擅福州勝潮湧廈門撞更喜鼓浪嶼嵐氣雜飛淙
鹿溪與鼇江齊名噪海邦勝遊招吟友月夜泛輕艭

鷗夢沙汀狎龍文椽筆扛一觴更一詠銅琶鐵板腔
高唱大江去豪氣髯蘇降江山助文字文字饒風趣
咳唾盡玉珠魚龍恣游戲彩筆擅江郎一一爲編次
旣自舒雅懷更以表同志湖海豁胸襟浮生悵萍寄
不朽惟立名翰墨流傳易人傑本地靈地靈賴人瑞
地因人有名人亦因地識浩浩此江流遊者幾薈萃
弔古更傷今碑墜羊公淚賴有此篇存庶幾名不墜
盛會恨難逢匡廬遠翹企拋磚引玉來浣誦長心醉

李禧

無數煙雲一卷詩三年鐵網長珊枝剔苔字遠摹元

宋剩草碑難攤阮池謂阮文錫池顯方花筆風流應比鳳江城人物幾跨龜薛起鳳著鷺江志池直夫玉獅山房詩城中英雄曾幾代未有一人跨龜背遺珠我亦求滄海惆悵詞壇歷刦時近從友人鈔得榕林題詠

盧陳巍

綵筆傳來藻思抽扶笻覽勝任勾留騷壇雅詠零縑拾鷺島風光尺幅收蓮幕香生閒選韵柳隄春暖詩尋幽即今海澨稱佳境弁冕閩江上下游

江郎才藻自風流水色山光筆下收蕭寺籠紗尋妙句芸窗綴錦萃同儔樓誇五鳳經年造賦擬三都到處售回首延平踞地鴻編大業並千秋

林爾嘉

會稽南部烏衣國海潤天空寫照難柳店賣詩仙眷
屬榕林紀勝古江山泥中印爪驚鴻去雲外銜箋待
燕還五色吟毫新定稿長留韻事在人間

柯徵庸

一枝綵筆手能持名勝留題剔蘚碑案牘勞勞蒐輯
遍霽秋詞譜仲春詩近林霽秋先生亦供職權署著有泉南詞譜
曾共留雲洞裏探偏收俚句入詩龕荔崖紀勝梧山
志韻事偕君鼎足三客秋九日林君蒯義邀菽莊吟社諸友登洪濟山君與余均與焉

南嶽傲樵

會稽南部江山好何處無鴻爪烏衣故國劫餘灰燕子銜箋飛去復飛來　詞人好事搜奇句古錦囊中貯孤吟百尺最高樓金帶水邊驚起幾閒鷗

右調虞美人

例言

一是編始自宋賢終於近人末附己作其編次以名勝爲主而後以作者之年代遠近爲次亦有無從考得難免倒置叉有見聞未及不無疎漏是亦滄海遺珠之憾唯閲者諒之

一是編以石刻及刋集鈔錄而成其石刻遺著年久代湮間有殘缺或苔侵剝蝕字跡不明者均空白之若原文有誤亦未敢擅改付諸闕疑以待通人正之

是編搜集時頗得林霽秋李繡伊林凌霜黃松鶴諸

公之助並誌於此以示不忘

編者識

鷺江全景

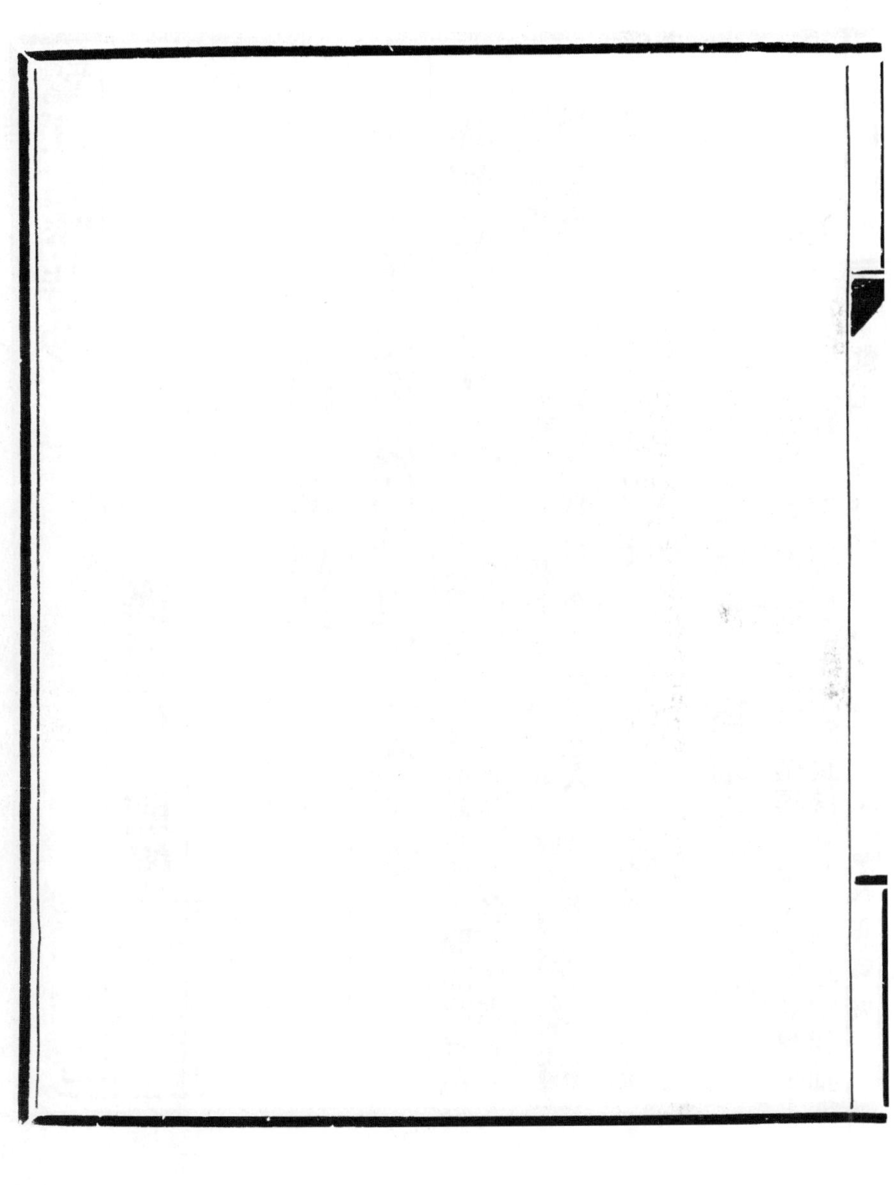

鷺江名勝詩鈔

海澄江　煦編

鷺江

同安縣志廈門一名鷺江

讀史方輿紀要廈門作夏門一名鷺嶼

薛起鳳撰鷺江志　煦謹按據廈門父老傳言廈門未開闢時有白鷺甚多棲止江上故有鷺江之名廈門志云廈門亦號爲桃源明紀石青題詩云花源今可得此亦一桃源又有句云玄鬢青衫漢代口桃花流水豈秦人　廈門自宋時名爲嘉禾嶼屬泉州府同安縣以產嘉禾得名　鷺江志宋太平興國時產嘉禾一莖數穗故名　明江夏侯周德興城廈門　是廈門二字之始見　爲中左所　洪武元年定自京師至郡縣皆立衛指揮使領左右中前後五千戶所隸福建都指揮司二十年江夏侯周德興經略福建抽

三丁之一爲沿海戍兵防置衛所當要害處城水澳爲永寧衛領左右中前後五千戶所又復設守禦千戶所城廈門移永寧中左二所兵戍守爲中左所設守禦千戶所隸福建都指揮使鄭成功據廈門時名爲思明縣清康熙十九年提督萬正色克之復名廈門廈門島屹立海中周五十餘里山川志廈門廣袤不及七十里環島爲嘉禾海即鷺江北望同安西界海澄東阨烈嶼南臨大海汪洋浩瀚障以太武外與金門爲犄角二嶝防於內大嶝小嶝二擔捍於外大擔小擔浯嶼則孤懸海表控制要衝於是東南海口布置扃鑰固若金湯港汊孔多帆檣集湊誠遠近貿易之都會也民國紀元前四百六十一年葡萄牙人來廈求通商則我國與西人第

二通商港也清道光二十年南京條約開放廈門爲通商五口之一民國光復置廈門道轄莆田仙遊思明晉江南安惠安安溪同安永春德化大田金門等十二縣治思明縣迨　年以後廈門開闢馬路修治市場城垣夷毀高樓矗立經營公園塡築海岸商旅絡繹人煙稠密其繁盛殊非疇昔可比鷺江舊稱八景洪濟浮月・陽臺夕照・萬壽松聲・虎溪夜月・篔簹漁火・鴻山織雨・五老凌霄・鼓浪洞天後人補八景・南普蓮香・海蜃晚照・白鹿啣煙・雙潭獨月・龍湫塗橋・萬笏朝天・水天一色・金雞曉唱・

登城

明　何喬遠

溟渤周遭繞戍城蒼蒼寒月海頭生北風正捲南夷舸山壘全屯水戰兵吹浪魚龍遙滅沒爭枝烏鵲近

分明周侯澤普當年役此夕登臨萬古情

視師中左　南居益

冢廓閩天際縱橫島嶼微長風吹浪立片雨挾潮飛半夜防維檝中流謹袽衣聽雞頻起舞萬里待揚威

一區精衛土孤戍海南邊潮湧三軍氣雲蒸萬竈煙有山堪砥柱無地足屯田貔虎聊防汛蛟龍隱藉眠

鷺門觀海　清 張對墀

康回憑怒折地維精衛木石無所施茫茫大地滙爲水至今東南名天池天池何浩浩近接鷺門島帆影蔽津梁桅尖拂蒼昊龍戶耳目奇馬人鬚眉老鑿齒

雕題重譯聲南金大貝諸夷寶家塗翠碧與丹青人
飾珊瑚及瑪瑙試問此物所從來盡說梯航由海道
海色漭然朝宗百川白迴島嶼蒼繞南塵山頭返照
港口橫煙洶洶湧湧淼淼囦囦九年水不潦七年旱
不乾昔聞黃河之水天上來今見滄海之水天外接
更上山頭第一峰海外奇觀收目睫排天風浪雪山
傾浴日鯨波金冶洩十尋樓櫓拄高篷看似空中舞
片葉須臾萬里乘長風依稀篷影亦澌滅縱有錢鏐
之弩能射潮伍胥之海能鼓浪一旦對此亦應心魂
怯吁嗟乎海之源無底止海之潤無涯涘洞庭雲夢

眞可吞江淮河漢浮漚耳我欲臨流乘風訪八遐衝風破浪不用指南車直向吾家博望借仙槎扶桑暘谷皆游徧身騎燭龍排雲霞廻首泥塗煦沫者紛紛轍鮒與井蛙

厦門大風望海卽事　趙翼

海聲連日吼颶母發狂飈信有水皆立兼疑山亦搖樓船依古嶼烽火隔秋潮安得鞭驅石排成萬里橋

颶風歌　趙翼

昔聞海風颶最大我今遇之鷺門廨誰將噫氣閉土囊一噴咽喉不可搤𪔵𪔵萬鼓排陣來群木盡作低

頭拜鬱怒似有塊磊填憤盈直覺虛空陰鬼魔掀動天擺摩虎豹吼裂山破壞立脚雖穩尚愁倒對面相呼只如牘可憐鸛鶴亦不飛恐被狂出青天外是時胥流千戰櫂眼望赤坎不得到湧浪上薄浮空雲濺沫橫轟發機礮盡排鷁首椽栈牢猶自終宵驚簸棹風名颶母應雌風胡爲更比雄風雄想從小女封姨後老作陰怪多神通多神通何不吹轉飄向東不然竟刮海水竭平步可達扶桑紅吾當綠章上箋奏俾爾配食天妃宮

鷺門紀槩　洪和長

錦繡煙花自一洲，無邊風景似杭州。樓臺半蘸晴長水，簫鼓時聞畫鷁舟。芳草遺鈿春拾翠，紅綃顧曲夜纏頭。我來不作繁華夢，爲有青山約未酬。

廈門觀海　　張際亮

一氣遥連四大州，誰能鐵索截中流。只如唐宋愁戎馬（前代邊患多在西北，至明中葉東南夷患始烈，天地自然氣數也），不數燕齊鬥火牛（逆夷火器甚利，廈門遂無可扼之隘）。勇憶乘桴難泛宅，醉思請劍倚登樓。天風海日蒼茫裏，試問扶桑幾度秋。

兩島能支半壁天，草雞長耳憶當年。伍胥潮汐仍終古，楊僕樓船自黯然。雲出鯤身横海外，水浮鰲極動

樽前登臨儘有興亡感鯨飲須同吸百川

廈門

孫爾準

廈門本荒碕何年盛都會海壖數繁要彈丸乃稱最
自從鯨頭人於此建大旆金門依輔車浯嶼互襟帶
台陽跨天險澎島通地肺倔強波濤間自覺夜郎大
七星兆妖讖兩豎效狼狽終日尋戈矛先後伏堪鈇
大帥設中權四鎭屯下瀨碧海澄波瀾黃圖大無外
浮天走估船隘地集市儈南琛獻丹于上貨羅紫貝
榷估設關梁譏苛笮舟軑姦富操奇贏末游藉沾丐
邇來頗凋劫褊陋等自鄶盛衰有倚伏物理戒其大

龜毛詎成氈蟬腹將欲脫寄語桑大夫心計曷足賴

廉如蕭廣州方物倍司會

南普陀

五老山

五老山在城南六里山如五老形故名五峯並列而無盡巖居其中大石嵌空其下虛敞宋僧文翠建普照寺（泉州府志按普照寺僧譜院五代僧浩建初名泗洲宋治平間改普照院元至正間廢明洪武間燬於兵）寺盛時常居大衆百餘人自唐以來興廢不一（煦謹按上云寺建於五代此云唐以來可疑）俱名普照寺（煦按寺名又不同）淸康熙間靖海將軍施琅重建改名南普陀左右有鼓山鐘山有洞名六月寒洞左有雲巢又有石筧以引水寺右乾隆間復建龍王廟門前有康熙製平臺紀功碑（見廈門志煦按民國光復後寺重修碑嵌於壁）民國光復時立有紀念碑（煦按普陀寺淸道光十三年僧省己

曾醵金重修民國　年寺僧　又募捐建大雄寶殿[illegible]其間八角亭於民國　年災於火後又重修

宋 滕翔

海翻波浪繞羣峯無盡巖前此界空不是灰心求佛者片時難在寂寥中

明 俞大猷

壁上舊詩拭目看綱常從昔一肩擔馳驅四十年來事莫報君恩祇自慙

扶桑東去更無山天外浮雲獨往還劍履半生湖海遍老僧贏得百年閒

借問浮雲雲不語爲誰東去爲誰西人生蹤跡雲相

似無補生民苦自迷
未工詩字書盈壁待得工時事若何欲寫心中無限
事不論工拙不論多

池方顯

十年古刹幾殘灰重見天花散講臺野露欺人疑結
雨松風括地每驚雷
一泓碧水和雲下萬點青山擁海來若問箇中眞普
照峯頭夜半日輪開

月夕普照寺對酒　劉汝楠

華月蘸清樽虛庭露氣繁懸猿啼白壑歸鳥度黃昏

樹色搖山殿江聲到寺門上方詩品寂永夜不聞喧

普照寺　劉汝楠

野寺前朝建空門大壑開鳴鐘霜氣動拂席雨華迴石倚天星落江涵晚照來山中詢法侶塵劫幾成灰

南普陀　清　劉必登

長風走海天鼓盪開禪定秋色導芒鞋一折入幽逕崇宏大覺場妙諦良可証桓桓靖海侯林谷繞鞋鐙寶蓮與珠旛照耀室不暝滄桑變須臾今昔已殊勝欹松凝僧眉老蘚上佛脛廊空鳥自行檻壞猿獨凭祇愛洞中泉滄江破猶剩冰雪沁心脾冷冷發清聽

普陀寺　汪士傑

鐘鼓樓高寶殿雄大江南匯小林東流飛石覓山腰水聲落松濤谷口風梵磬靜時僧入定海雲寒處雁橫空渾疑身到潮音路不盡天花法界中

遊南普陀　佟法海

天水蒼茫一望同何妨海外說眞空詩人便是開山祖風雅禪林鷺島中

秋日遊南普陀寺　王步蟾

五老峰前路吟秋客興豪寺標天界古門聳御碑高往事隨流水閒情付濁醪文襄祠宛在瞻仰若爲勞

島上禪林夥，茲山擅大觀。門臨滄海近，地控教場寬。石刻摩崖久（寺有呂西村先生石刻隸書絕佳），泉聲入洞寒。悲秋兼弔古，日暮倚盤桓。

南普陀　江煦

巍巍殿宇幾經秋，無復當年花氣浮（廈門小八景南普蓮香）。欲識妙香在何處，空王座下且勾留。

金榜山

金榜山在洪濟山西南山黃色如列榜因名一名塢老山唐文士陳黯累舉不第隱於是山以黯自號塢老故後人稱曰塢老山山上有石刻迎仙二字築樓其上名迎仙樓今架梁之坎猶存（閩天記）當時書堂有新羅松二本堂側石壁高十六丈名玉笏又有石鐫談玄石三字相傳爲朱子書臨海有石俗名鷹搏兎石黯釣磯也今築　磯在田中又有颶動石浮沉石

宋　張　翥

衣冠陳氏族桃李薛公園塲老遺文古巖僧舊蹟存
苔磯荒磧岸金榜勒瑤琨已憐松特異尤喜石能翻

朱熹

陳塲老子讀書處金榜山前石室中人去石存猶昨
日鶯啼花落幾春風藏收洞口雲空集舒嘯巖幽草
自茸應喜斯文今不泯紫陽秉筆紀前功

明 丁一中

麗日明金榜春風掃玉臺舊迎仙子駕今復令威來

登金榜山訪唐陳希儒隱處

池顯方

名甜色嫩早留妍超壁穿蘿度絕巔玉笏揷天十六丈桐絲離海半千年麥風濯雨寒青堡石汗流香膩墨煙幾卷遺書慙未讀秋芽一盞酹先賢

訪陳希儒隱處　池顯方

潭雲島樹候多年誰料開荒是潁川石兔麥田陪古碣魟魚貿港熟冬天子陵嚴瀨猶傳姓司馬終南不作仙人去山空潮亦異浪花畏撲釣磯邊

金榜山訪闇公石室　清　洪世澤

金榜山高對玉臺隱君舊業半蒼苔著書人去成千載洞外寒花閒自開

迎仙片石倚巑岏塲老當年此閉關欲問藏書何處所白雲空自鎖名山

前人著述後人傳考獻徵文此必先石上摩挲深刻字風流又見令威篇　王步蟾

塲老山空老潁川石樓高築號迎仙古松不見新羅種祇賸漁磯矗野田

金榜山石寶　葉大年

青山留片石高人適其適一綫日月光四顧天地窄

釣磯　明　丁一中

當年垂釣者，終古坐寥廓。借問任公鼇，何如令威鶴。

釣磯次丁一中韵　　劉存德

有唐塲老叟，高懷海天廓。昔晦一絲綸，今顯丹臺鶴。
嵯峨一片石，可比嚴臺廓。寂寂幾多秋，知翁惟少鶴。

煦謹按少鶴卽一中字

陳塲老釣磯石　　清　葉大年

賢者愛避世，江山一縷繫。南陳有釣磯，後唐無尺地。
俗稱鷹搏兎，誰知漁得魚。鷹揚世不再，漁者渭邊居。
東望小蓬萊，天地閉復開。一拳米芾石，千秋子陵臺。

雲頂巖

觀日臺

洪濟山

洪濟山在城東北二十五里峭拔聳秀嘉禾山脈發源於此爲嶼中諸山之冠上爲方廣寺有黯濟巖雲頂巖留雲洞一片瓦風動石星石諸勝絕頂有觀日臺（道光五年楊登雲重修）雞鳴時遙望日如火輪從海中躍出紫濤蒼霧間奇觀也或云方廣寺卽雲頂巖山上下皆巨石屹立一鐫天際一鐫龍門山之南爲和尚石疊成洞可容數百人昔人避　處中有流泉明丁一中池浴德傳南式劉存德洪朝選左丞劉在業葉普亮俱有詩刻道光十年周凱題

名石上

洪濟山頂

明　池顯方

山下指峯峯似沒山半指峰峰猶惚夾逕緣梢慣傲霜澗底青石泉衝缺九十六磴度龍門斷字殘詩封古碣揖巖三塔列豆登對岸人煙透纖髮再攀危頂騎雲背不見諸山見水沫二擔東西浪入天買舶漁帆連蟻隊潮雞初唱扶桑紅日觀何須登泰岱矯矯孤峰立流漭如拈英石安魚盎幾度來觀逢日西睨山欲落如初上客道武安天柱高未必滄溟在拄杖

冬游洪濟山

池顯方

長川展鏡蘸嬌顏幾片雲花曲翠鬟九萬里風生足
下八千國土在肩背曉鐘未動雞銜日暮樹多寒鳥
背山一夜何聲喧不住應知虎豹守天關

掀天縮地杖頭間一座梵宮轄萬山弱水無波疑復
淺瓊臺有路不曾關峯因喻日顏常赬樹爲黏霜葉
帶斑身在九霄何呈凝石椽鐵戶總非閒

山下風多上轉晴恍疑展翅入瑤京洲形果小如飛
鷺峯勢狂奔欲吸鯨石塔連雲齊倒影天河與海共
無聲一宵喚酒爭觀日醉醒紅窗已六更

風衙散葉似飛蜂積凍何時不是冬前後禾洲都屬

水北南泰武若無峰巖嫌漏雨多堆石枝恐礙雲少植松日月流梭山亦老虞淵欲取一丸封

數峯拾盡到巖前復度三峰類絕巔寺衆搥鐘迎紫日漁人踏登上青天六時樹樂空中奏一夜紙衾雪裏眠醉覺身輕生肉羽龍門躍出任風翾

寒鳥遙看二麥春深嵐流水武陵津波田萬頃裁青玉同邑一邊露白銀西域東夷皆禹貢南陳北薛尙唐人攜家擬結雲峰頂服炁耕芝指海塵

洪濟山觀日　池顯方

巖壑沉沉漢尙橫水雲一綫萬光生偶偕殘月同時

出遂使餘星不敢明晝夜欲分天未定火金相盪海
雞名人間猶作五更夢僧已朝齋罷磬聲
元氣淋漓接杳茫忽開混沌立元黃水風所鼓使之
活煙霧微遮不凝光半影纔生羣象變一方已曙萬
雞忙山中晷候無冬夏惟是晨昏有短長

龍門　池顯方

翠壁丹崖不可攀石門龍過海風寒擎天力盡孤臣
死惟有留題墨未乾

雲頂巖　池顯方

新栽松檜已齊腰秋老芙蓉尚挿霄煙外家鄉纔一

水石間姓氏半前朝但看野色無城市難判天風異
海潮白鷺遥汀飛不見寒雲幾縷傍衣飄

劉存德

百丈巖頭開寶地九重天際扣玄關此身直向龍門
度何日更從鶴鳥還無數青山羅海上居然閬苑出
人間憑高不盡登臨興指數鳳洲芳草間

登雲頂巖　紀許國

十載勞予夢纔爲兩日遊多因塵世累動令此心愁
觸袂雲光滿黏天海氣浮空香飄不息别是一山幽

游雲頂巖　清 洪世澤

方丈連清淺蓬萊半紫氛雙潮林外合二郡望中分竹引瑤池液衣留玉洞雲幽尋殊未厭出谷已斜曛

羅前蔭

陵空盤磴道無際豁雙眸海色陰晴變山光日夜浮濛濛青未了瑟瑟氣俱秋尺五天低處寒鐘落寺樓

雲頂巖題壁　蘇廷玉

秋風萬里淨雲霄洞古山空未寂寥但得天衢能振策重來此地醉清宵

夜半登臨第一峯殘臺遺跡有苔封惟餘底事堪惆悵蔽日浮雲海氣濃

萬仞峰頭眼界開，淩雲意氣薄層臺。要知俯視饒奇峻，總藉山靈刻畫來。

重游雲頂巖題壁

煦謹按：蘇公前後游巖相隔三十七年，是詩有序長，故另錄

翩然畫錦賦歸來，前度劉郎舊秀才。三十七年眞一瞬，幾時興廢有高臺。

當年壁上走龍蛇，珍重何人護碧紗。我亦頓生今昔感，秋風依舊捲雲霞。

探幽已是再來人，山水有緣亦夙因。過眼繁華皆夢幻，欲從明月問前身。

游雲頂巖 有序長另錄

葉大年

慣攜謝屐訪名巒選勝尋幽到此間樹傍山凹篩月
碎泉通石罅沁人寒全無色相諸般惱盡有心香一
縷蟠泰岱已登天下小衆峰盡當列孫看

葉大年

雲梯上雲頂青雲得路逈一鷺飛鷺江江田千萬頃

遊雲頂巖留雲洞　明 洪朝選

洞宿孤雲久吾來亦暫留身隨天路逈情寄海僧幽
檻外濤聲聒林端雨氣浮顧謂二三子高步信良遊

宿留雲洞　丁一中

爲愛留雲洞雲留客亦留青襟同信宿老衲共夷猶

月皎諸天淨巖空萬慮休寧知滄海曲清臥足奇游
幽谷成良晤雲蹤去復留道心原共契野性亦相猶
巨海深無際危巖坐未休浮生慚骨賤奇絕喜同游

宿留雲洞同洪芳洲次丁少鶴韵

左　烝

涉海棲幽島雲關幾夕留烟霞靈境別塵土故吾猶
白石飢堪煮繩床倦可休溷將汗漫跡舉蹈絕塵游

留雲洞

劉友梅

人事成代謝閒雲乍去留江和山繾綣詩共酒夷猶
天近歌須浩潮平棹欲休摩崖苔蘚碧靈絕喜來游

留雲洞

劉存德

人定人何往飄遙雲獨留無心成去住愧我自夷猶性曠隨麋適機疏共鳥休不期浮世外曼得 天遊

題觀日臺

清 楊晉齋

高臺觀曉日絕頂近靑天有志登雲上心清誠是仙

楊晉齋

臺中觀勝景雲頂訪神仙勝景難多得神仙易結緣堅牢修苦行實力種心田脫却塵埃體飛騰上九天

王步蟾

留雲洞古枕雲眠觀日臺高見日先村落雞聲猶未

徧紅輪早浴海中天

游雲頂巖登觀日臺　江煦

我本煙霞客名山放浪游巢雲依洞口選勝上樓頭俯瞰群山小奇觀曉日浮高臺空悵望懷古意悠悠

重游觀日臺　江煦

勝蹟今猶在登臨憶舊游法輪常自轉人世幾沉浮

壽山巖

壽山巖

壽山巖去城東里許一名半山堂以其居市與山之半因名鷺江志

同駱亦至夜宿半山寺　明　紀許國

登臨無定跡每悟必依然嶂遠來帆際苔深接寺前似留栽竹地聊咏浣花篇夜半高談靜客心恨屢牽

石泉巖

石泉巖在城東二里許有石穴如門可容出入內有泉從穴中出石刻磊泉二字以此又有鑱於側曰孤嶂何年留鐵骨寒泉終古結冰心去磊泉數丈又有一泉曰小石泉名列泉與石泉隔一山味同而流少僧取以售焉今爲民居所壓僅見泉穴鷺江志

清 黃蓮士

何年殘骨結寒冰剩有荒巖住老僧汲水頗供禪後粥賣泉粗給佛前燈潺湲晝夜無休息元氣淋漓自

鬱蒸島客品茶需汝甚取携聯絡上崚嶒

虎溪巖

玉屛山

玉屛山去城東二里許有虎溪巖又名東林寺巖上有稜層洞洞後名一線天北轉爲石厂匝以石闌石上鐫摹天二字山門巨石鐫先露一茅嘉禾名勝記案巖中石刻有天門玉蟾飛鯨飛鼇稜層靈則名虎溪泉一線天劃然長嘯凌空一漸碧海波澄入我門來引人入勝凡十數處惟稜層二字最大最佳與摹天二字皆明林懋時書泉州府志明池顯方建剎名玉屛卽虎溪巖始名玉屛寺也秣陵將軍胡貢卿建嘯風亭淸康熙間威畧將軍吳英重建雍正間同知李暲修有大雄殿準提閣彌勒樓供佛泉飛鯨石有橋有古榕數十株有石佛又有一洞名小空洞煦謹按民

國年間大雄殿改建爲樓後闢爲虎溪公園故寺右多種樹蒔花增築亭榭以供遊觀云

玉屏山　　池顯方

下巖泉作乳上洞玉爲屏幾許英雄子松風不肯聽
古洞兼幽巡看山數十餘若分衆邱壑當時一仙都
天澗雲留影地靈石應聲雲石猶有意不似世無情
松花既歷亂梅雨復瀟疎洞裏無人處欲藏所著書
殘石疑經蠹幽山訝有龍游人風雨夕不敢望前峰

同張紹和游玉屏山　　池顯方

君將交六嶽未遊玉屏顛如近舍皇甫而遥求樂天
易於拈景出難在遣山傳谷口從兹欵雲眉始得嫣

石嶠環翠障樹舊獸紅胭逕軋風多變峯欹霧不連無堦手可步有縫腹爭穿白鷺低千壑丹霞隔一川蜃樓知水炁蟻障指戎船海捧牽杯月潭彈引韵泉臨岐迷曲洞四顧下平田似我讀君集如君即我禪初披皆目眩再味轉心憐此嶠姿堪嚼雖冬貌亦妍勿勞神著述共此吸青煙

虎溪巖　　池顯方

松間長洞各屈蟠諸峰起伏復多端過溪何止三人笑入洞方知六月寒杯影頻移依怪石夕陽便愛倚欄杆幾回餐得天風慣凡骨還應長羽翰

虎溪　何喬遠

卓地非凡石千霄盡峻峯哲人開慧竅神秘吐靈蹤
月色明鮫宅天風散雉墉幽期來信宿新木挹高榕
衆石黑如漆子雲來守元竹書窮日月地紀劃山川
塲老磯終古今之嶺高懸勳名成遂後還到草堂前

謝濬

峭壁懸蘿幾度攀巖前野鶴去來閒藍拖洞水香生
玉翠結峰頭巧作鬟時有白雲環洞口可無青草夢
池間風流屐齒吾家事漫學枯禪浪閉關

過鷺門同傅通宇岳翁伯龍白萃道甫諸舅酌

稜層洞　　蔡謙光

幾度幽尋不記年而今載酒恰春前風掀麥浪青寒岫霧鎖潮花碧往船怪石環巖皆鬼斧清茶啖客自僧煎憑空翻覺於塵逈何意杯中亦有禪

同池孝廉遊虎溪巖　　王用霖

叠磴紆巖別有天　濛海氣逗非煙水光沿日山如動梵刹凌空石是禪景幻每開詩　香微時現佛燈蓮幸從勝會飛金屈冒醉何須挂杖錢

集文學張淑我林摶之吳克贊及寅兄吳布千兒子棱同酌虎溪　　朱康憲

泉林韵事向關情筆研尊罍亦一程樹底洞開風嘯

虎溪中雲起石飛鯨半踞滄海連箕坐滿眼桃花傍

酒傾客自仙人余自鶴誰知胸膈有蓬瀛

虎溪　南居嵒

虎溪開絕勝森峭好安禪果向眞蓬島分來別洞天

雲烟雙屐外潮汐一樽前吾久甘泉懶招遊獨緬然

共拔危磴入邱壑挹名踪節度詩懷壯將軍筆意濃

波恬思托枕山盡喜聞鐘方石移還戀初陰幾樹榕

紀文疇

乾坤如夾壁日月每懸心石竦招高步江流表遠林

弓刀何處靜鐘鼓此中尋側石舊恩在西來有好音

虎溪巖　清　鄭纘祖

滿眼旌旗在疇能辨劫灰虎溪浮地出鯨石倚天開
夜月誰能嘯秋風自去回不堪懷往事腸斷水雲隈

林之濬

幽巖興未已相將過虎溪寒律振林木落葉滿巖溪
攬衣沿磴坐羨此足禪棲遙指昨遊徑靈境異東西
川渚海迴合岡澗石高低雲羅遮鳥雀風帆亂鳧鷖
蕭條驚暮節零落慨殘題浩歌下山去漁火照長堤

陶元藻

忽聞虎溪名疑向匡廬眺愧我非徵君詎逢遠公笑斷崕補僧居嶺秀得要妙幽厂陰森生乳溜滴懸竅才有長明燈翠壁色照耀雲盤護佛幢花映煮茶銚經秋眼若明對石句亦峭那得買山錢割此海中嶠

黄日紀

石門幽邃鎖鐘聲巖氣含秋分外清檻外雲收孤磵冷亭前木落數峯平梵音寂寂僧歸定棋子丁丁客對枰鳴鳥自喧人自靜頻從心地悟無生

黄日紀

丙戌秋同蔡漢廷司鐸重過孕上人禪房

黄日紀

幾時不到東林寺一別支公已數年今日重過方丈
坐僧窗猶見舊詩篇
暑氣欲殘巖氣秋藤蘿絡石逈淸幽偶邀蘭榜來蓮
社苦茗芳醪叙舊遊
禪房幽寂鳥聲譁閑倚蒼松日影斜一陣微風香徹
骨檐前開遍木蘭花
石壁留題跡尚新數番車馬走風塵比來悟得長生
訣祇向煙霞共探眞
乾隆己亥花朝前二日偕友人過虎溪禪寺小
酌　　俞　成

屹然石起稜層高逼諸天陟降懲自有老僧來伏虎（寺有老僧騎虎像）至今弟子尚傳燈禪心夜定聞金磬梵席前移見玉繩我亦早年空色相不須緣覺悟三乘

幾株榕樹寺門蟠礙日迎風未覺寒絕澗平橋流一曲危欄閣道上千盤山中春老傳花信海上潮來入醉觀自是浮生多感慨勸君容易酒杯寬

俞朗懷觀察招同史藿亭楊貫玉登虎溪

趙在田

壯遊幾度把吟觴又逐旌旛欵上方山色當年跨虎踞潮聲此日罷龍驤談清舌吐芙蓉慧坐久身疑閬

花涼別有移情對知己天風浩浩海蒼蒼

戊寅仲秋予客鷺江偶過虎溪瑞峰方丈夜話

楊中鑾

曳杖穿雲抵上方陡然身世兩相忘風從水面過來

潤月到天心得處涼一石獨拳酷類虎萬峰羣聚欲

成羊老僧共我談禪罷清露無聲濕坐床

廼歎行樂時常有失意事歸途悟盈虧澹然忘物累

光緒辛丑仲春遊虎溪巖偶誌鴻爪

江呈輝

虎溪巖傍海雲邊彷彿東林咫尺連紺宇別開飛錫

地紅塵彿障散花天游經至再皆修到笑可成三亦夙緣認得淵明隨處在不妨多醉更參禪

虎溪巖題壁　吳錡

亂石峻峯適出群萬家雞犬靜中聞稍窮峯頂無餘地始覺天空不礙雲帆帶夕陽沙嘴沒山逢靑靄海門分眼前何限滄波興却爲愁多藉酒醺

臘日偕吳崢軒司訓遊白鹿洞虎溪巖

王步蟾

島上流光逼歲除名爲冬杪實春初（時立春後四日）黃羊此日剛祠竈白鹿遺風久仰廬（白鹿洞嚮有仰廬匾）更向東林探勝

境（虎溪巖一名東林寺）豈耽西竺訪眞如勞生自愛閑中趣安得名山讀古書

虎溪步月　王步蟾

月華如水浸衣襟古寺宵游愜素心偶踏芒鞋穿曲徑閒隨桂魄過空林流螢燄冷偎清影飛雁聲高答野吟比似遠公行樂地風流豈判古和今

小除前一日遊虎溪巖　王步蟾

連朝選勝訪巖阿又向東林古刹過怪石峥嵘疑踞虎大江洶湧想鳴鼉天晴氣比三春暖地迥聲傳萬戶多莫惜年華同逝水及時行樂且婆娑

重陽登虎溪巖梵樓望海弔古懷施靖海侯

林鶴年

大海迴瀾中峯高稜層虎跳金銀濤南溟汪洋海天接沙臺落日明金刀其雄己矣山川寂江海不錀魚龍號秋九登臨醉邨酒蕭蕭帳馬誰羊羔掉頭憑弔古戰場風吹白骨黃河香鹿門之鹿鳳山鳳地不挺險名歸昌當年横海威名重手拓兩擔闢澎洋詔下江南曹武惠深仁戒殺思籌濟承平草木不知兵軒睡榻旁深國計天生君侯報天子草雞舊曰謠鄉市一朝南紀盡安流力挽江河福桑梓袞龍解賜榮褒

忠上將星辰貫日虹卸甲歸來天亦笑半江明月探
芙蓉千秋喚破封侯夢海門潮落一聲鐘

秋日虎溪巖即目感懷昔年同遊二兒逝去六
弟客外並寄在鄉諸弟　林鶴年

言上虎溪巖巖中多秋草草是同根生榮先謝亦早
秋草總無言祇戀春風好風好不多時雁叫秋容老

蘇句

秋深鴻雁過一一東南飛或在山之陽或傍水之湄
相看亦不遠對影成參差南國多霜風紅豆吹離離
下山明月光分光照故鄉如何人不見對月成斷腸

團圞復團圓風吹桂枝香望斷秦蛾眉皎然升朝陽

宿虎溪巖晨興題壁　林鶴年

蹋屩稜層嶺嵐光湛晴暉掃地朝焚香老僧敞禪扉
一見相問訊拂石淨苔衣繞檐山四圍萬綠含淸輝
花香悅禪性鳥語靜塵機相對兩忘言白雲無是非
去住本何常此意知者稀平旦一聲鐘大地同皈依

虎溪巖題壁　林鶴年

欲向山靈問滄桑月幾圓紅羊銷劫運白鹿聽經年
海寨漁團集江鄉蛋戶編重瀛環島嶼何以障東川
登高發狂嘯瘴霧洗南溟閩粵通潮汐臺澎此翰屏

山僧談戰紀海客借圖經曉策靈鼇去蒼茫混太淸

凉飇起天末長憶故山秋隨地得佳境臨風結勝游

石多林壑美江潤水雲浮獨踞稜層頂蕭蕭白鷺洲

海嶠東林地喧囂逭暑時有花皆獻佛無石不題詩

風靜魚龍瞑雲深鳥雀知春醪如可過還就菊東籬

虎溪巖

林爾嘉

幾度匡廬過虎溪歸來還愛此山低一登絕頂能觀
海不似雲深路易迷

江煦

東林寺到暮天秋竹翠楓丹景倍幽月色滿溪尋虎

跡便無三三笑也名留

白鹿洞

白鹿洞

白鹿洞在虎溪巖山南左右多崩崖立石中有亭榭掩映林端舊建大觀樓宛在洞接因亭乾隆間再拓六合洞朝天洞銜山亭明時與虎溪合而爲一有泉曰龍泉又曰琮琤有半月池上有石室祀關帝洞後有廣陵朱一馮及晉陽趙紓題名俱天啓癸亥年刻煦謹按寺僧天品於民國　年即石室改建爲樓中祀朱子也

清　林之濬

透迤鷺門山曳屐歷奇變石骨排天青雲端象獅戰雕鏤神鬼工玉切雲可片元牝入虛無心悸目亦眩

將奔勢復廻欲墜根尙戀晦明兩難分漏日僅容線
已窮摟扶心復闢蒼翠面巖障與軒楹參錯相隱現
半椽香積廚十笏彌勒殿陰崖泚乳泉老樹坐海燕
空谷人語靈風至冷然善

戊子夏登㘏山亭遠眺　黄日紀

危亭倚碧空極目望無窮夾海雲陰潤連峰黛色融
霽開十里晝凉受一天風縮得蓬瀛境移來入座中

乾隆己亥花朝前二日遊白鹿洞題句　俞成

白鹿洞前春晝長鳥鳴磔磔風吹香恰逢暇日好煙

景老夫遊興今爲償山中積石多於土一一形狀殊尋常大者如馬如臥象小者歷亂如群羊寺門崒屼更駭歎突若玉筍抽新篁老僧爲我開禪堂堂空寂靜塵不妨庭前古檜絕霜露海邊大舶連帆檣更穿複道覓巖洞拾級而上地谽強下濶中虛上險窄只餘一綫窺天光探幽足以空六合洞名海天炎熱生寒凉簿書俗吏溷己久坐令神與形具忘白鹿淺隘何足數佳名留取殊慚惶乃知世人嗜好異或亦當日訛標揚說與山靈渾不語東指滄海波茫茫

鹿洞觀潮　王步蟾

塵市何從豁遠眸獨憑軒檻瞰滄洲茫茫碧海浪爭湧望望銀山天欲浮萬里奇觀蛟室杳一聲長嘯鷺門秋願持枚叔如椽筆灑墨煙嵐最上頭

六合洞　王步蟾

怪石嵯峨斷復連嵌空作洞踞巖巔虎溪旁拓三弓地鹿洞中分一綫天塵劫消磨歸梵宇乾坤收斂付山緣神工鬼斧眞奇闢閱盡滄桑總屹然

九月十日曉雨白鹿洞　王步蟾

崔嵬獨步補登高覽勝奚辭躡屐勞宿鳥剛隨初日出寒蟬如助朔風號小橋弔古悲陳跡（洞口橋爲鄭游戎殉節處）幽

洞尋詩避俗囂却恨緇流敗清興周妻何肉絮叨叨時有屠人索僧債且言僧有外婦故云

廬阜遺規仰宋賢嘉名移贈此林泉廬山白鹿洞朱子講學地紫陽誰紹千秋業白鹿空分一洞天塵世光陰如過客孤踪嘯傲卽遊仙狂吟那用輕鐫石恥附山靈姓字傳

白鹿洞　林爾嘉

曾入匡廬尋白鹿歸來臘屐復登山非關腰脚今猶健風景依然愛此間

江煦

覽勝尋幽上翠微廬山面目認依稀角僊參透禪機

妙吐納雲煙欵石扉

醉仙巖

醉仙巖

醉仙巖在城東虎溪巖北巖石下有竅深二尺挹而復滿味甘可釀故名醉仙（閩書）或曰遠望巖石如醉人偃臥以形名（嘉禾名勝記）里人池浴德甃爲井塑九仙祀之（泉州府志）又名醴泉巖巖巓巨石刻天界及仙巖四大字上有寺名天界前淸時僧月松募建有仙跡石棋局（同安縣志）寺後有長嘯洞明征 諸將勒詩於壁又有黃亭（釋月松有黃亭載鷺江志）曠怡臺諸勝（嘉禾名勝記）

醉仙巖題壁

明 施德政

偏師春盡渡澎湖聖主初分海外符鼙鼓數聲雷下

發舳艫百尺浪平鋪爭傳日下妖氛惡那管天邊逆

旅孤爲道凱歌宜早唱江南五月有蓴鱸

和前韵　李揚

樗才自分老江湖禨線深慚佩虎符舳艫森森鯨浪

靜旌旗獵獵陣雲鋪風生畫角千營壯月照丹心一

劍孤至德未酬　未滅小臣何敢輒思鱸

和前韻　徐爲斌

閩南要路險澎湖元將專擔靖海符萬里艅艎瑩斗

列蔽空旌旆彩霞鋪魚龍吞氣煙波定蜃螘馳魂窟

穴孤天子綸音勤借箸那思蓴菜與江鱸

醉仙巖題壁

清 黄日紀

乞歸十載鬢毛斑，幽夢長依泉石間。頻約高僧談法乘，更邀名士訪雲山。閱來世味無如淡，悟得仙家總是閒。外境不殊心境異，洞中便已絶塵寰。

乾隆戊子秋月江右謝饑眉、溫陵黄蓮士同安薛震潮門人蔡弼卿集醉仙巖

黄日紀

羽人曾醉此巖頭，古跡長留洞壑幽。風雅聚來千里客，溪山共對一天秋。松間鳥語偷詩調，筆底文瀾敵海流。今日散仙同勝會，鷺洲端不讓瀛洲。

仙巖四景

黃日紀

出山彈指廿餘年，客夢頻飛到醴泉。重飲仙人一泓水，靈機瀹淨悟詩禪。醴泉洞

縈紆鳥道上岧嶤，絶境難躋趣轉饒。踏盡峯雲最高頂，一聲長嘯落煙霄。長嘯洞

支許情深方外交，曾因習靜傍烏巢。長慚浪比歐蘇跡，敢傚雲亭草解嘲。黃亭

秋聲秋色頗蕭騷，強步登台不厭勞。海外青山山外海，憑高縱目氣增豪。曠怡台

登天界長嘯洞

黃日紀

直上仙巖第一峰俯窺滄海畫圖中拍天浮白翻驚浪落渚斜靑度遠鴻洞上一拳容笑傲石當四面盡玲瓏憑高忽作蘇門嘯振谷鸞聲遠碧空

遊天界寺黃亭　倪邦良

新亭高出衆峰巔收盡風光在眼前白捲秋濤歸絕壑靑延長岫入諸天長卿澹井關病摩詰詩工本近禪最是幽人多雅致舊時曾出草玄篇

醉仙巖題壁　葉廷梅

鹿洞嵯峨出上方晴明野色自蒼蒼行來樹隱孤巖靜坐對山空一嘯長萬井迷濛煙火市半牕縹緲水

雲鄉夕陽洞口花迎處紅袖輕飄羅綺香

秋日遊醉仙巖　陳光章

聞道秋山境隔凡閑携樽榼到幽巖幾行佛屋歸雲
擁百尺松梢夕照銜曲徑斜通仙跡路海潮遙送鷺
門帆憑高應識蓬萊近還閱丹經手自芟

中秋日同黄駕部荔崖張其在上舍張希五林
春三二茂才遊醉仙巖　薛起鳳

危磴窮天界憑欄秋正中江濤翻夕照林葉墜西風
洞古僊踪渺峯高殿勢雄同來塵世外頓覺利名空

醉仙巖　江煦

醴泉昔日有仙人足跡猶留認得眞醉抗飛雲天界
澗不知何處是紅塵

紫巖聚洞

紫雲巖

紫雲巖在城東去醉仙巖半里路曲折巖有石門如關隘輿馬不能通就溪中架石橋以通游屐樵溪之水出焉昔名達中菴因祀梓潼帝君故改今名（嘉禾名勝記）下有小洞洞中泉清而冽洞左有蛟洞旁有果巖巖前原有放生池僧道皎鐫慈湖二字巖後有碧蓮寺過樵溪其高處即高讀巖相傳爲鄭氏讀書處今俱廢（鷺江志）

紫雲巖

清 黃日紀

扶筇連日扣禪關碧瓦朱欞疊嶂間境靜却忘流水

鬧心空長與白雲閑村墟遥接臨溪路島嶼平窺隔海山落日棲鴉動歸思相將童冠咏歌還

乾隆癸未重九日偕黄蓮士蔣楨士林其美莫子端林春三集紫雲巖水洞

黄日紀

佳節巖頭玩物華窈然深洞絶喧嘩紅塵遠隔三千界野菊先開九日花石罅嵌空安筆硯泉聲歷落勝簫笳登高從此添佳話半是山巔半水涯

戊戌孟春遊紫雲洞敬次荔崖師石壁原韵

蔡天任

石門深鎖絕囂華入寺惟聞鳥語譁撥火爐中燒柏子截流巖畔試松花含風野竹傳清韵背日樵童响暮笳歸去版橋回首望梵林依約隔雲涯

戊戌孟春侍荔崖師重遊紫雲巖敬次原韻　蔡天任

絕頂雲屏畫不關風幡高拂白雲閑重尋靜境三千界分得仙家兩日閑緣徑緣蘿緣徑竹半溪流水半溪山青鞋　襪烟霞窟物外追隨幾往還

大寒前五日偕說樵綸堂企聽梅史游紫雲巖　王步蟾

昨遊鶴山寺所見不逮聞今朝鼓餘興邀友登紫雲
兹巖雖褊小住處殊可欣入山徑屢轉當途石何紛
回顧失來路翹瞻無俗氛小橋跨樵溪暫坐息勞筋
須臾造禪關雙扉掩斜曛僧徒久星散剝啄聲弗聞
或踰短垣入開門引同群始見守者來問訊通殷勤
正殿屋將圮古佛香誰焚愴懷感興廢世事難具云
旁行入深洞流泉尚沄沄想見三伏時銷夏宜水濆
後登最高閣崇祀欽人文干霄有孤塔地許神醫分
巖有凌雲閣祀倉頡及朱子其旁有塔祀漢華陀 憑欄瞰滄海四圍浩無垠盤桓不
能去空翠長氤氳徧訪舊題刻石壁生苔紋典型慕

疇昔姓名半榆枌安得乘暇日藉此讀典墳仰止秉景行懷古情獨厪有志苦難遂雄辨空齦齦蒼然暮色合詠歸偕諸君

白鶴巖

白鶴嶺在中巖西北去城東里許常有鶴棲其上故名舊爲大道築石爲門建石亭於門右亭南爲白鶴巖明島上有能詩者過此得野雲度嶺疑歸鶴澗水流霞想落花句由是得名

白鶴巖　王步蟾

白鶴巖高白鶴飛野雲度嶺想依稀流霞澗水今猶昔不見仙禽傍晚飛

江煦

誰乘白鶴飄然去賸有丹巖閱古今怪底蒼松無覓

處舉頭空望白雲深

萬石巖

萬石巖象峰

萬石巖

萬石巖、去城東二里許磊石揷天巖扉鐫問漁二字旁有石洞深可半里紆迴曲折泉流其中廓處可坐數十人名小桃源李暐鑴水鳴韶三字於石上異其聲也清康熙間施琅建泉州府志沿澗上行至一石門鐫鎖雲二字卽鄭成功刺鄭聯處也再進有象鼻峯萬笏朝天諸石刻上有一覽亭可觀海鷺江志

萬石巖

明　黃克晦

結伴遙尋太乙家峩峩萬石映孤霞坐中峰勢天西

折衣上蘿陰日半斜風樹無人飄翠瓦雲巖有水浸
苔花何年更駐蘇耽鶴靜閉閒房共轉砂

阮文錫

鑿開雲壑架精藍數曲幽溪客共探孤月夜懸雙石
壁千林秋嘯一茅菴餘生擬向閒中老往事都從夢
裡參便與名山期後約浮名從此更休貪

清 鄭纘祖

洞壑猶然昨依稀記昔遊山空餘萬石海濶有孤舟
天地本難老風煙容易秋客心何所感惆悵大江流

張對墀

袍笏時時拜米顛別開蓬島隔塵緣一泓清淺沙爲路萬竅玲瓏石作天佛洞雲深連樹靄僧房日午起茶煙欲携勝景囊中去擬與秦皇借一鞭

林之濬

海霧散朝旭巖巒積空翠綴步共攀躋徑險心亦悸恠石紛崚嶒僧樓搆幽邃孤亭一延眺邈然滄洲意嶇嶺生禪寂滉瀁悟虛寄江山成慷慨林壑保深秘寒濤奔晚照抱膝發長喟

陶元藻

塊壘呈海濱奇狀非一類點頭固有靈呼丈亦何媿

琳宮嵌嵯峨一徑入幽邃嶔崎歷落多我醒石已醉

風懦雲懶行日夕山欲睡木末寺樓高微吟出寒翠

倪鴻範

古寺石巖裏泉流曲逕通一 千山下 西東

緩步 幽處吟詩對 先人留勝蹟垂勸在門中

黃日紀

鷺江富名寺萬石獨稱最包羅兼衆有變幻誠無外

危樓縱遐覽飛奔與目會煙火億萬家城郭橫繡繪

前有海無際空潤不可奈蜃氣常山沒青紅浮香靄

後有松數株倚立懸高旆清風與吞吐時時發幽籟

旁有洞嵌空石罅乍明昧曲折穿羊腸鳥道狹如帶
洞中如深甑團圞露其盖泉脈長潺湲末流瀦清瀨
傴僂出深穴脫然蟬離蛻恍惚難窮詰造物弄狡獪
陳光章
石頭何齒齒蹇步客來稀鞭剩秦皇力支殘織女機
靑根通海氣瘦骨覆雲衣彿寺看山好終朝不掩扉
陳韜章
漫山惟怪石洞空瀉春泉磊落餘無地玲瓏小有天
點頭誰是悟拜手不勝顚薄暮閒流覽靑雲處處連
庚子初春正月二十一日自白鹿洞虎溪至萬

石巖即事　俞成

忘褱偷閑未肯回，春遊得暇轉悠哉。試看印綬放身去，儘許雲山入眼來。跪拜不須煩禮數，話言況有共追陪。石巖深洞行徐達，羽檄知無火速催。

南歷盡見奇峯積翠，倚碧空但覺風從天際下。不知人在海當中，雲霞早出開巖竇。松陰齊號動梵宮，小飲未妨成薄醉。晚來歸騎一燈紅。

九日重遊萬石　張允和

幽巖屢訪眞奚窮，勝日淸尊此復同。老去惟懸親晚菊，朋來有信逐秋鴻。成霞海色翻欄外，合樂泉聲出

洞中戀賞却忘山已夕挂將笻杖聽松風

萬石巖　　江煦

千迴百轉徑通幽說法生公石點頭萬笏朝天何處是木犀香裏鷺門秋

中巖

中巖

中巖在萬石巖上界萬石太平二巖中因名嘉禾名勝記一名鷓鴣巖鷺江志 山門題歡喜地三字有石當戶鐫玉笏二字古榕盤屈狀若蟠龍拾級而登俯臨絕壑嘉禾名勝記 有佛殿有將士亭祀澎湖諸將陣亡鷺江志

清 陳上選

隨身耐可度清饑得脫江湖自見肥吸月有天分玉鏡 霞何處展金衣未從冷落 腸裡空廢香侵繡口緋惹動春花枝下影莫教風雨妬芳菲

癸丑仲夏謁將士祠有感　李銓

諸公死難報君恩血戰成功名久存提帥有心憐壯士建祠崇奉慰忠魂

中巖將士祠　江煦

雲梯百級費登臨流水淙淙動我心淒絶台澎諸將士荒祠終古碧苔侵

太平巖

鄭成功讀書處

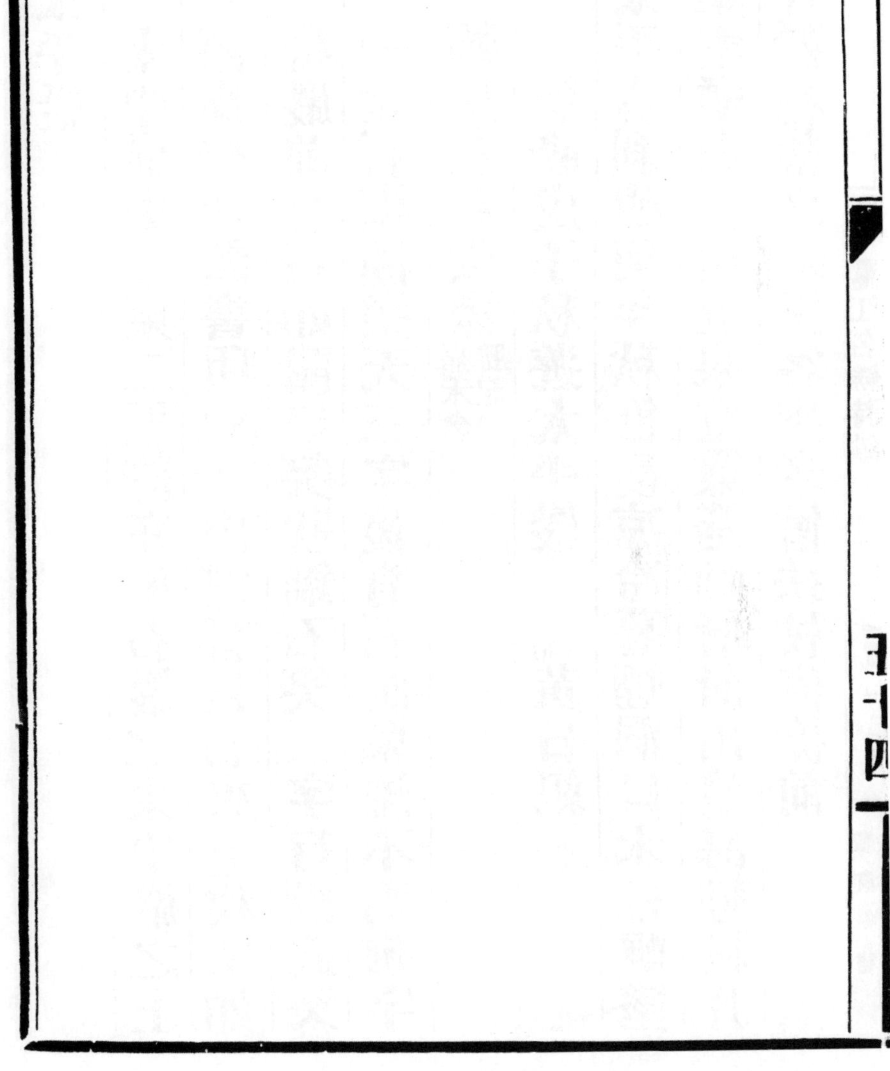

太平巖

太平巖去城東二里許在萬石巖之東中巖之上舊爲鄭氏讀書所鷺江志　山徑皆巨石夾道狹窄如帶巖前有石如開口笑狀鐫石笑二字行數武又一大石鐫極樂天三字後有石洞泉流不竭佛宇禪房左右數椽嘉禾名勝記

乾隆戊子秋遊太平巖　清 黃日紀

太平古刹建何年秋色凄凉冷暮煙洞口木棉飄墜葉雲頭石筧引流泉捲簾遙岫層層出望海輕帆片片懸花落鳥啼無客到老僧扶杖倚檐前

太平巖　葉廷梅

招提隱隱隔層霄石磴嶺崎一綫遥僧去平臺花雨冷風清古刹海氛消青山落木空斜照綠水孤帆半夕潮兩袖飄然薜蘿徑那知頑石笑漁樵

游太平巖經先世延平郡王讀書處　鄭鵬

石不能言笑口開（巖下有石勒石笑）讀書深處有莓苔艸鷄莫問當年事鯤海騎鯨去不回

石笑　莫鳳翔

聚時能悟生公法到處都依古寺門莫怪相逢惟一

笑更無心事向人言

太平巖　　江煦

生來足健樂山行久望中原到太平不見鄭公横劍處白雲洞口下楸枰

萬壽巖

萬壽巖

萬壽巖在陽臺山之東鷺江志一名山邊巖嘉禾名勝記自太平巖越山一里許有寺松林鬱茂右有巨石鐫無量壽佛四字左有石洞名一片瓦即八景所謂萬壽松聲也石鐫明人詩二首無姓名俗傳爲俞戚二公作山寺中有鐘高二尺有奇徑三尺舞以下千以上俱有記乃宋開寶六年將仕郎林仁著鑄鎭薦福院萬曆間院廢爲仙遊樵者所得忠翊校尉陳大勳售置於此里人章紹本云厦門志

萬壽題壁

逸名

遇仙說罷禪機登絕頂恍疑身在五雲邊

萬壽巖聽松　張錫麟

喬柯如蓋護雲林夾道亭亭白石陰何處劚苓尋犬跡祗來飡實聽龍吟怒濤忽向空中起驟雨還疑寺外深絕愛淒清商調好西風閒譜入瑤琴

萬壽巖　江煦

御輦不來王氣歇嵩呼萬壽幾知名蒼髯百尺巢幽鶴何處驚濤籟有聲

禪宮俯瞰亂峰前，片瓦重重勢儼然。松落石簷寒帶雨，雲飛山戶曉生煙。人誇竺國三千界，我愛蓬萊第一仙。幸喜封疆無事日，樓船同泛海南邊。

萬壽巖

明　戚繼光

萬丈（廈門志作仞）峰巒聳目前，不須雕巧出天然。露涵石瓦生春色，爐爇旃檀起瑞煙。自信明時無隱逸，還疑僻處有神仙。公餘正好談玄妙，又統三軍過海邊。

俞大猷

幽巖屹立梵宮前，片石呈奇瓦儼然。峭壁罅虛寒漏月，博山香爇煖生煙。高僧煮茗能留客，樵子觀棋每

鳳凰山

鳳凰山去城南里許在望高山北相去數百步山下成市上爲榕林別墅淸黃日紀所築因山麓多古榕蔡文恭新題額曰榕林有鏡塘洗心堂石詩屛釣鼇亭小南溟半笠亭三台石百人石蹋雲徑漏翠亭披襟臺摩靑閣漱玉峯榕根洞亦靈阿賦閒亭芃島諸勝芃島二字林佶書怡情泉石四字黃任書詩刻自蔡文恭至周凱凡四十有二人文恭銘榕林池石曰一拳一勺具山川意時出雲雨澤及萬類至今稱昇平宰相佳讖煦謹按林佶王漁洋弟子黃任號莘田著秋江集香草箋行世

榕林二十四景 詩逸其一

淸 黃日紀

貽香屋

老屋藴古香插架三萬軸何事夢瑯環即此足清福

摩青閣

高閣撑碧空軒楹延海氣一線走潮頭目斷魚龍戲

霧隱樓

危樓出樹杪陰翳籠煙霧開牖見南山變態無朝暮

賦閒亭

還我遂初衣飄然琴鶴共小構一椽亭紅塵慵入夢

適我居

止水無波瀾閒雲自舒卷焚香理素琴静籟泠然善

養翮軒

細字消殘年滌我端溪硯戲海亦摩天爲君書白練

半笠亭

脫我折角巾着我青篠笠圖書識偓佺春風荷鋤立

披襟臺

故人期又來登臺消溽暑解衣而盤薄涼意生巖廡

漏翠亭

嘉樹作濃陰平鋪太古翠石銚瀹龍團空外松花墜

百人石

輪囷一拳石上可百人坐長嘯立茫羊驚起癡龍臥

漱玉亭

能使道心清飛泉鳴翠玉有客荷樵行高唱滄浪曲

小隱園

小隱隱城市大隱隱邱園著物春風到啾啾鳥語喧

三台石

巨石奠如磐一枰坐橘叟彈指閱滄桑長安局完否

得月軒

挂席月可拾掬水月在手何如此軒中明月爲我有

釣鼇亭

巨鼇戴三山不知幾千里閒將明月鈎釣向滄波裏

萃鷺臺

四面接山光斯臺最岐嶷一行白鷺飛界破雲藍色

榕根洞

古榕勢盤行下有穿雲洞陰心六月寒好續羅浮夢

小南濵

芥子納須彌一泓渺巨海中有鯤與鯨遨遊歷千載

石詩屏

擘窠劖大書峭壁森百丈我來躋盛筵摩挲認宗匠

凌虛臺

有臺凌虛空與滄海對遠帆無數來鷺排成隊

小桃源

桃源隔人世小築亦神仙劉郎今未到古洞鎖雲烟

洗心堂

一幢玻璃水處堂四面通此心何待洗盡行納荷風

鏡湖灣

鏡湖一頃波輕漾鱗紋細旭日上扶桑閃爍金烏戲

和姜笠堂題榕林原韻　黄日紀

柴門十載少逢迎海内知君犼主盟講席舊淹溫嶺鎮征帆忽卸鷺江城暫親醇酎薰人醉滿捧珠璣比月明老眼乍開昏思醒騷壇冢落忝關情

題得月軒　莫鳳翔

靜夜坐高軒莫把疏簾隔江月自去來照君風雅席

榕林圖歌　莫鳳翔

我不羨輞川隖中辛夷白亦不羨灞陵橋頭柳條碧惟羨嘉禾島上鳳凰山六榕深處居士宅臺以披襟高徑以踏雲僻看山半笠亭望海百人石芳園朝霧滋時花鮮可擿曲沼春淵深靈鼇潛其跡我識君懷別有託宜春炎夏聊行樂棋子時彈竹外亭燭花夜翦雲邊閣閑把釣兮池水淸門人持竿相隨行避喧適意且如此終有慇慇戀闕情長嘯山人神洒落眼

底胸中富林壑盡將勝槪托毫端幽人一見醒心目

題榕林別墅　　薛起鳳

幽棲最愛綠陰濃數壁書齋幾樹榕枕上風聲常作浪牆間日影自翻龍朋來共話升沉事睡覺閑參釋道宗更有臺亭堪徙倚迎眸不盡水山容

題鈎鼇亭　　薛起鳳

結構幽亭傍水濱閒來獨下任公綸直鈎寄意聊爲此莫擬羊裘作釣人

大暑同諸公集　　林遇春

炎蒸天氣火雲流獨愛榕林池館幽坐久不惟忘却

暑涼生旋訝似新秋新詩乍許窺元白緣酹還欣對
阮劉此日臺亭陪笑語淸風不減舞雲遊

同蔡弼卿家承如登摩靑閣　　林遇靑

劈空高閣入烟霄閑倚廻欄四望遙數點山靑萬里
畫千層浪碧一江潮開窗乍覺涼風度捲幔徐看積
霧銷茗椀爐香相對坐林端月色已侵宵

遊榕林別墅絕句二首　　張廷儀

名園端的羨榕林樓閣池亭　樹陰繞逕花香侵座
上到門山色入簾深

乍覺禽聲驚午夢偶觀魚戲豁塵心化機隨在皆眞趣留與高人仔細尋

榕林晚眺　　張廷機

夕陽返照滿江紅縱覽憑欄興靡窮歸鳥爭投深樹裏寒蟬猶咽密林中

題榕林圖　　林明堤

地踞禾江勝榕林景最宜仰觀山列嶂俯瞰水平陂花月三春夜煙霞四序時碧梧兼翠竹白石與清池金谷難專美輞川豈擅奇欲探蓬島境好把此圖披

題霧隱樓

樓迥深藏霧霧生每抱樓欲如元豹隱長生此樓頭

題半笠亭　張承祿

倚壁構新亭奇思半笠形虛爲觀海地實作寫詩屏

題榕林別墅　草菴彬

仙人池館綠陰濃連樹交柯盡古榕鎮日清風生戶牖環墻巨浸蟄魚龍閒來把釣依芳渚時上摩青望遠峰無限煙波眺極目山山水水一重重

春夜荔崖先生招遊榕林池館　草菴彬

多公清興屬招遊池館春宵更覺幽躍水有聲魚吸

露穿亭流影月懸鉤微茫山色煙中畫錯落燈光海上樓對酒談詩消靜景不知身在小瀛洲

過榕林題　草菴彬

池塘隨築景隨遷花木濃陰異去年蒼翠含風枝欲舞玲瓏映水畫難傳看雲傍石頻驚冷舉袂淩空乍覺仙坐臥海天縱一覽山僧未敢傲林泉

避暑榕林即景書懷　草菴彬

懼暑朝朝避密林石窗藜榻稱幽心鷓鴣啼罷蟬聲起置我萬山深又深

題半笠亭　草菴彬

點綴榕林勝，亭宜半笠幽花還三面爽月度一簷秋
戴日無圓影看山亦滿眸每來詩酒伴揮麈日優游

題披襟臺　草菴彬

新築高臺不覆芳登臨遙望海環郊千家樓閣連三
島萬里舟帆聚一坳玉麈清談心已豁仙棋閒著慮
全拋獨憐日夕天風起竹影松濤面面交

題百人石　草菴彬

綠榕景裏數青螺愛此雲根頂似磨四面環觀方覺
峻百人齊上未云多江山望裡三盃酒風月佳時一
曲歌乘興徘徊情已適虎邱十倍欲如何

題釣鼇亭　草菴彬

塹辭鵷鷺返蓬蒿，鑿沼江頭引翠濤。入鏡烟霞開畫景，環亭闌檻俯金鼇。一竿寄意淸風遠，十載消閒野興豪。爲憶閣公當日事，釣亭應並釣磯高。

題踏雲徑　草菴彬

漫言天漢遠迢迢，眼底煙霞近可招。鑿翠鋤靑通小徑，含風弄月上層霄。客如仙侶登瀛島，人恍天台渡石橋。最是輞川多勝景，時時來往共逍遙。

題榕林別墅　藍應元

鷺州巖壑稱蓬島，獨愛榕林景最奇。海上有山皆入

畫齋中無石不題詩客來對酒常終日釣罷看花接
四時好向畫圖傳勝蹟蔣君墨瀋最淋漓

過榕林別業留贈荔崖先生

謝于誠

幽園臨海際誰與結知音芳躅而藏霧蒼生已望霖
編書垂實學致仕托閒吟抱瑟向君撫爲予一鼓琴

次韻奉酬荔崖老先生　史鵬年

高蹈慵酧酢形疎契以心幾回思問字未得洗塵襟
贈答情逾厚風流仰更深所傾詩數卷妙處屢搜尋

乙丑榆水縣齋有懷荔崖媚老先生集唐奉寄

葉廷推

清風標致絕塵埃韻府　五色毫端弄逸才方干　隔岸春雲舒翰墨高適　繞城波色動樓臺溫庭鈞　簷前樹色分張綠溫庭筠　秘閣書房次第開元稹　我愛遠遊君愛住齊己　水天東望一徘徊羅隱

集唐奉贈荔崖嫺先生　葉廷推

近來詩客似君稀白居易　紫鳳青鸞並羽儀韻府　崑玉已成廊廟器陳陶　風流不減杜陵詩韓翃　交朋接武居仙院劉禹錫　雙鷁維舟下綠池趙彥昭　仙署金閣虛位久鄭谷　空林獨與白雲期王維

題榕林別墅　黃周士

結構樓臺傍古榕柴扉竹逕絕塵蹤吟詩自和枝頭鳥好客常傾甕底濃寄令毫編情獨適登齋相盼興尤濃此中便有無窮趣何事探幽卓遠笻

楊慶琛

華子林巒帶月回平泉詩酒逐春開最難勝地逢佳日不負青山幾俊才大海極天浮島嶼老榕驚雨入樓臺一城濃綠吹煙起記向烏峰縱眼來

贈別黃駕部入都　蔡德輝

詩思居然皮日休曾陪唱和在清秋霜籬共賞陶潛

菊夜月同登虔亮樓一棹輕移人濶別千山遠去緒綢繆凌雲賦就應承寵勿靳郵筒報鷺洲

過榕林別墅贈荔崖老先生

許濤奇

仙吏歸來買小邱海山四面景全收三千界內疑蓬島尺五天中近玉樓分韻潮生墨湧浪揮杯月上酒添籌如君詩卷留天地方好滄溟學掉頭

黃樞部邀諸公宴集榕林別墅

萬紹祖

笙歌縹緲拂前楹吹入山林逸韻生地是騷壇花竹

秀人同幽賞石泉清風光繞徑濃還淡海色深晬雨
又晴况復東君深愛客畫堂重醉燕鶯聲

端午有懷　　　　　　單德謨

午日酣歌意興長雨花微落洒驕陽聯成好句誰追
杜列滿佳賓獨憶黄此際正還棲鷺島他時况復入
鴛行相娛欲寄相思處叠就新詩當訊芳

題霧隱樓　　　　　　林應震

戶牖生烟霧滿身疑是雲深藏都不見聊以澤吾文

題鏡塘　　　　　　林應震

山坳鑿小塘塘水明如鏡澄澈照我心心亦如鏡淨

題榕根洞　留克紹

石壁盤榕根劚根開石門探幽從小口恍惚入桃源

題踏雲徑　蔡天任

摩青閣畔叄台石一逕斜連廹上清最愛月明人睡後芒鞋獨自踏雲行

題亦靈阿　蔡天任

半畝榕陰自可人靈阿深處尚埋塵更從閣畔通幽徑陡覺山容又一新

題榕林別墅　倪琇

摩青傑閣儼仙臺九日登臨四望開海勢遠隨鴻雁

去山形遙引鳳凰來風飄菊徑支棊局霧浥榕林遞
酒杯問訊涪翁身尚健懷人感舊一徘徊

夏日遊榕林　廖鳴筌

鷺門鎮日怯義炎心境清涼此地兼萬頃波濤來午
枕滿庭蒼翠護丁簾榕廳門茗風侵座桐塢敲棋月
映匳我媿題崖蔡忠惠却逢山谷韻重拈

午日重遊榕林　蘇廷玉

梯級層層上尋幽此地徧花繁佳麗節人坐鬱藍天
鴻爪留三度龍鬚樹十年摩青詭繼筆石壁當雲箋

重修榕林　單可垂

高樹動斜暉，攜筇訪翠微。君能還舊物，我亦景前徽。
傑閣摩天迥，孤亭挾海飛。座中透花氣，不覺衆香圍。

道光辛卯九日遊榕林　周凱

層層雲氣釀高秋，海上登臨亦快遊。儘有園林供嘯傲，絕無風雨足勾留。棋枰綠透榕陰濕，帆幅紅拖日脚收。回首漢濱沈醉地，江山如畫憶黃州。

小集榕林醉後口占　王仁堪

憂樂斯民百感拜，尊前絲竹且陶情。願傾四海合歡酒，只學文山前半生。

遊榕林題　莊志謙

我昔遊榕林廈島方無事自經兵燹後一至復再至荒榛與蔓草一一煩芟治主人亦能賢誦芬知繼志一邱與一壑不改舊位置石瘦便能奇榕老更增媚即此可棲遲何須求衡泌

詠榕林　林鶴年

荔崖風冷鏡塘秋羅綺無人續雅遊生怕黃公壚下過一聲殘笛倚江樓

仲冬遊榕林別墅　王步蟾

不到榕林近十霜今朝重訪讀書堂同庚難得聯三友建子剛逢復一陽老樹凌冬陰轉綠遠山薄暮色

愈蒼荔崖去後風流歇牛耳騷壇孰主張
一拳一勺且山川名相留題尚儼然廛市别開眞洞
府石屏深刻舊詩篇春風池館無觴詠夜月樓臺有
管絃太息洗心塘下水淸流渾不似從前

玉獅山房　明 池顯方

崑崙渡海一萬里孕得石蓮生海底洪濟峯尖貫入雲回顧羣山似浮薺從古相傳白鷺門于今不數陳薛郇一城如花半倚石最高鎮北學龜蹲城中英雄曾幾代未有一人跨龜背榕根裂壁影倒波晨昏空作風雲態旁出怪石名獅王昂首青尾不可當月作金瞳潮作吼虎山以下皆降惶中有道人形瘦鶴暫砌石階張雲幕未來鬼嘯人少過一到龜伸獅亦躍門前挂起止靜字詩賓酒客皆廻避惟有禪僧特地來高峻門風亦怯至一味風聲伴主眠蒲團懸在大

樹巔有時默坐同栖鳥有時文章瀉碧天

鴻山寺

鴻山寺

鴻山在城東南里許上有石砦遺址刻嘉興寨中有一罅名龍喉深不可測相傳昔人避亂處山腰缺處爲鎮南關（煦按今毀爲大生里）山麓爲鴻山寺嘉禾八景鴻山織雨是也又有明天啓二年福建都督徐一鳴遊擊將軍趙頗攻剿紅夷石刻題名

鴻山寺　王步蟾

鴻山寺接鎮南關石砦名題石壁間誰向雨中看織雨天然機杼出煙鬟

江煦

鎮南關外白雲橫古刹秋深倍冷清可有山靈知客意儘教霖雨慰蒼生

碧山巖蜍虎石

碧山巖

碧山巖去城南三里許在石潯司署後（嘉禾名勝記）始築小宇祀觀音大士後僧慈惠漸次闢之（鷺江志）前有風動石有泉名碧山泉（厦門志）

碧山巖　　江煦

丹楓如醉井梧秋，碎瓦頹垣動客愁，血色守宫都不見，空留叠嶂碧雲浮。

碧泉巖

碧泉巖去城南四里許與普照寺相近一名石室寺有泉從石罅出寺僧琢石爲溝引之石室旁巨石李廷機鐫碧泉二字又有草書飛泉二字不署名舊志以爲林太常宗載書也山門兩壁屹立右有萬歷間陳第沈有容題名左題龍洲臥岡四字寺今圮僧霧雲墓即在山門下厦門志

碧泉巖懷僧霧雲　清 黄蓮士

孤僧閒閉翠微中冷落梵王舊日宮石徑無塵人不到巖泉似綫覓還通　一山鐘鼓分喧寂隔寺興衰悟

色空聽說霧公圓寂後佛燈無焰守殘紅

題依巖室石壁

清 俞成

舊室三間依石巖，堵墻洞闢見巉巉。迎將空翠通簾戶，怪底閒雲上履衫。心淡無難齊物我，境幽直欲隔仙凡。看山到處皆奇絕，況是朝朝對老饞。

朝來晴影映空虛，漸覺朱炎氣已疎。半壁青山開畫嶂，卅年塵夢笑居諸。焚香煮茗清無比，啼鳥鳴蟬靜自如。且喜清平公事少，簿書初了即輕裾。

題依巖室石壁步俞成韻

曾儒璋

堂偏小築靜依巖，六一文牕映碧巉。蟬帶琴聲移別桁，蝶翻舞影上涼衫。閒探墨妙神俱靜，坐倚雲根意

隔凡石壁留藏還自儆當官行止莫貪饞
嫩嵐浮碧接晴虛寂歷庭軒俗慮疎書結古歡憐脈
望月含明水試方諸臨風蘭氣清無敵帶雨篁陰晝
不如夏日正長公事少未妨吟宴集簪裾

水仙宮

水仙宮在望高石下明建祀大禹伍大夫屈大夫西楚霸王魯公輸子閩俗皆稱爲水神乾隆三十年里人重修煦謹按民國年間闢晨光路宮毀而售其地後之人欲訪古跡者正與明阮文錫之夕陽寮無處可尋同感慨云

水仙宮

清 陳邁倫

鷺門禹廟落成初勝景層開接太虛斜磴人來懸壁上危亭極目大荒餘近城煙雨千家市繞岸風檣百貨居澤國久無烽火警一聲長嘯海天舒

荷庵

荷菴

嶽前河在城北嶽廟前近接魁星河中浮小洲建寺爲荷庵四面環水大可一畝植竹爲垣架石爲橋煦謹按民國　年創闢中山公園則毀之殊可惜也

荷菴　清 陶元藻

烟水周遭淨土憑大光明界我初登數弓小圃蔬兼竹十笏閒房佛與僧過雨寒沙移舊跡隔牆秋嶂見高稜白玻璃內天花影悟徹眞空即上乘

亭雞金

金雞亭

虎山西四十里許爲金雞亭與篔簹港口對（嘉禾名勝記）相傳昔里人掘地得金雞建亭跨之故名今爲往來孔道（同安縣志）

金雞亭懷古　清　葉大年

東方天未明夢夢悲衆生塵寰布密網蠕蠕攢蚊蠅晨鐘與暮鼓馬耳風力輕安得廣長舌攻破百愁城安得藥石口上下起膏肓曙光放一線焜耀周八紘孳孳利善間舜蹠同時爭金雞何慈然破曉第一聲當頭作棒喝能使醉者醒可以伏睡魔可以砭痴情

猛然發深省草木連句萌湛然返沕穆鴻濛陋經營
此雞勝木雞養到功已成盛德况在金積貫大彌宏
立群本矯矯擲地皆錚錚羽毛豐且滿文彩華而榮
山中故養晦待時鳴不平鬼蜮爲之藏天地與俱清
我聞既如是夜思且起行迷途早知返努力催前程
祖逖忽起舞擊楫凌滄溟文王欲寢門事親根至誠
忠孝本一轍寤寐思夏興河漢不改色日月齊爲盟
化機觸斯動况在山之英解人當如是會心得其精
銅壺涓漏盡寥落稀晨星發聵振其聾髣髴聞韶韺
擴充平旦氣宇宙隨縱横先覺覺後覺一鳴人皆驚

金雞亭　　　　江煦

荒亭日落啼歸鳥大地塵昏雲擾擾憶昔金雞知守晨一聲高唱天初曉

題龍湫亭割石

清　葉大年

噫吁噫扶輿淑氣磅礴匝卅里龍脉西來走東時穿田負峽何蜿蜒奇峰忽從人面起闞如哮虎名茲山亦曰旂山輯邑志犬麓彌望爲平原秀毓靈鍾吉祥地、泥橋空嵌闢化工石塔玲瓏出天際頳龕二水左右流翼然一亭供大士英靈炟赫垂嘉禾生佛萬家齊仰止令節端陽競渡時吾儕樂山勝樂水倦遊龍舟遊龍湫報道是龍異不異此龍靈於隱潭龍此寺名於香積寺見在田前躍在淵入我門來敢我　我生所好是眞龍取其神似非貌似晨鐘暮鼓淸梵音洗盡人間箏笛耳有時說法逢生公石亦點頭悟玄理茲山之石況不頑如有所立儼卓爾天柱高擎地維尊鑿鑿硜硜烏足齒媧皇繼出重補天當前俯拾而已矣風霜兵燹隨磨礱迎刃而解罔不利俗稱割石名實符宰割天下亦如是虎山山陰昂然立龍湫亭後屹然峙信乎地靈石更靈雄鎮鷺江作柱砥鑴詩掃石當題碑誰繼峴山羊叔子取我袍笏學留侯長拜下風前禱祀三生石上證夙因我與爲盟垂奕禩

盟曰天地有正氣此石不偏倚出作太山雲化爲天

下雨永俾九州磐石安小阜岡陵並嬔美於萬斯年
不騫崩名山名亭與石相終始

日光巖

鼓浪嶼

鼓浪嶼在厦門西南五里海中嶼長里許上有小山民居田園村舍（按方輿紀要在大登西舊有民居洪武二十年悉遷內地成化以後漸復其舊云）鄭氏（成功）屯兵於此（上有舊砦遺址）左有劍石印石浮海面下有鹿耳礁其北有燕尾礁東有日光巖（亦曰晃巖上有龍頭石俗名龍頭山明池直夫居其下有晃園極花竹之勝）石刻鼓浪洞天鷺江第一天風海濤日光巖寺（原名蓮華菴建於明萬曆丙戌冬）於乾隆間僧瑞琳募修舊惟石室一間後建高樓及旭亭（亭圮樓亦塌清道光間長樂林鍼改建東西廂中間一亭民國丙寅年僧清智因西廂拓建佛殿又於東廂佛殿右增架一楹）巖背有洞堪避暑故石刻避暑洞嶼西北有瑞晃菴與厦門水仙宮隔

水相對瑞晃菴一名三和宮又改法海院今菴已毁石壁有王得祿題記石刻嵌於英商滙豐銀行住宅墻壁菴下有雞鳴石舊傳海中有警輒鳴嶼後有金帶水宋幼主投金帶處多浮石有泉名拂淨泉在日光巖畔味甘海船舊取汲焉里人且以小舟載水鬻於廈市今供嶼民汲食猶不足也濱海有菽莊莊內有藏海園四十四橋十二洞天聽潮樓談瀛軒眉壽堂小蘭亭壬秋閣亦愛吾廬頑石山房拜石臺諸勝又有三片石產海苔味淡可稱珍品鼓浪嶼自清光緒　年闢為公共租界設立工部局管理治安人煙日密高樓大廈煥然一新樹木蓊鬱風景絕佳大有世外桃源之概

鼓浪嶼

明 丁一中

須彌藏世界大塊得浮邱巖際縣龍窟寰中構蜃樓
野人驚問客此地只憐鷗歸路應無路十洲第幾洲
一水分烟嶠沙舟客共登崇嚴參佛古仄徑躡雲層
遂作憑虛觀因逢彼岸僧何能拋紱冕長此覓三乘

池顯方

連天蕩溟渤小巒獨突忽古樹夾寒烟與波相出沒
不是鬼神刓如何巧剞劂一旦鑿一卷十日成一窟
造砌及修碑盡在此中伐至今數百年剝盡無肌骨
白石有何辜頻遭黥罰太行避愚公癡山猶不杌

混沌七日死，疆山猶不沒。莫是愧世人，捨身任爾刖。
莫是慙無用，欲入於宮闕。須彌與崑崙，劫火一時竭。

陪南思受謝簡之登鼓浪嶼和中丞韻

池顯方

雖小亦門戶，如何不一登。新城盤曲折，古寺俯稜層。
易服瞞郵老，尋香妒野僧。渡澎諸戰艦，帆展候風乘。
殘石伐將盡，惟餘一古邱。煙開生遠岫，潮至亂平疇。
去歲如遭虎（曾被紅夷燒屋），今年再押鷗。全憑藩屏力，吾得臥滄洲。

寄池直夫晃巖四章　黃道周

置爾宜邱壑誰當廊廟人鬚眉金馬氣咳唾白檀身
有道仍難仕爲官想速貧偶然分出處不敢叙邦鄰
卽此柴桑里殊　姿焚車公不顧迴駕勸休移
調鶴題禽慶褰裳塞鬼疑蕭疎眞太古況有古人詩
於昔誰相比將毋司馬徽劍泉分水鏡割釀澹天機
有韵黃鸝好無監青蟹肥因思分縞帶未報與蘿衣
優劣今應定多君此出山高棊閒不著小鳥數輕還
穩臥人難老沈吟鬢亦斑所慚新鑿洞苟且下雲關

酬池直夫用韵二章　黃道周

楞散雖辭風露侵覆舟舟下亦危襟小山猿鶴愁他

日綿谷龍蛇直到今已信鵑啼關氣運未從禾偃見天心伐檀處處人無黨坐對鍾期久破琴
身謀國計葉平翻不記屏開兒女言半晌時名成虎窟一行交譜即鴿原蝶絲莫繫蒼生夢螢火自知炎
帝恩倘得晃巖高曝背未愁　馬蕩乾坤

鼓浪嶼

清　黄蓮士

昔聞鼓浪似瀛州海上初來覽勝遊石壁風雲餘舊壘人家煙雨事春疇鐘聲上下波心寺樹影參差島外舟一自當年平劍印妖氛不作慶安流

癸未仲秋同蓮士晋侯中美泛舟鼓浪嶼遊日

光巖　　清 黃日紀

水面風凉暑氣收，榜人遥指到龍頭。纔知地僻人烟靜，更覺巖高木葉秋。屋角窗窺凌海席，寺前門對隔江樓。好將詩社追蓮社，黃菊花開續舊遊。

乾隆二十八年九月重至日光巖訪球上人留

題方丈　　黃日紀

幽期不負菊花黃，渡水穿雲到上方。逕繞紅蘿秋思冷，庭含翠竹道情長。惠休不減風騷致，畢卓惟憐麴蘖香。爭奈葉舟歸去後，一江烟月隔蒼茫。

乾隆四十五年春正月過日光巖訪瑞球長老

題壁　　俞成

白雲護處老僧房，黄髮龎眉道益光說法人能同妙
喜安禪心已得清凉早尋覺路三生石（師行脚至杭州）晚住名
山一瓣香待我東歸須過訪高談爲洗俗塵忙（余將至臺灣）

日光巖觀海　　俞成

試豁雙眸象逈超混茫一氣接空冡欲通河漢人能
到若問神仙路已遥遠水平吞三島日長風高破兩
門潮兹遊不淺登臨興費老風流況許要（謂瑞球上人）

林鶴年

洞天鼓浪隔江尋舊夢滄桑思不禁忍向日光巖畔

望參差樓閣暮雲深

鼓浪洞天　江煦

石室何人作洞天朝曦乍上照巖前詩僧應許開蓮社浴日同參米十禪

三拂泉　江煦

從來勝地以人傳名重江南第幾泉自是瓊漿人世有藍橋枉費問神仙

水操臺弔鄭延平郡王　江煦

帶得籐牌子弟來日光巖畔陣雲開延平霸業今安在嗚咽潮聲動地哀

康泰埈觀濤　　江　煦

狂風捲浪吐還吞疑是蛟龍海底翻寄語過江名利客風波險處足驚魂

將軍礁垂釣　　江　煦

莫把侯封怨數奇從來烹狗總堪悲急流勇退知誰氏白鷺洲邊拂釣絲

登浪蕩山放歌　　江　煦

我昔遊洪濟奇峯突屼鑽雲端我今登浪蕩茲山輪囷亦鬱盤羊腸曲折數百級無人不道蜀道難上有幽巢結松栢仙客未歸應眉攢下有黃土白石枕枯

骨次兒埋山麓爲問魂兮何之心悲酸嵌空一拳米顛拜憲
是媧皇留與人間稱奇觀大觀挺秀如玉筍太武堂
皇如峩冠圭海鷺江相映帶狂颷怒號飛波瀾嵩呼
帝子今何在海霞紅處天風寒丹霞青浦遙相望中
有浮圖當急湍而今四海滔滔是中流誰作砥柱看
何如小隱丘園大隱避城市芒鞋竹杖行姍姍吾願
從此不談家國事朝朝暮暮浪蕩長盤桓

鷺門雜咏

清 王步蟾

汪洋大海作籬藩，四面彎環繞鷺門。號小杭州猶未稱，此間合比古桃源。廈門舊有小杭州之目，紀石青則直比以古桃源

天生此島對金浯，近扼臺澎遠越吳。半壁東南資鎖鑰，海防船政莫疏虞。

南陳北薛久流傳，禾嶼人文此最先。一樣山川鍾秀氣，後賢豈必避前賢。唐薛沙所居號薛嶺，其南爲陳黯宅，時稱南陳北薛

虎山山北鷺城東，游屐曾邀宋晦翁。過化長留君子澤，山名今尚著文公。文公山在虎山北，朱子嘗遊於此，故名

國初逸老盛連鑣，阮子才高志更超。著述飄零遺址

在夕陽空望夕陽寮阮子名文錫，明季隱逸，所居號夕陽寮

玉獅齋枕北城隅，作記文傳池直夫。此日故祠祀眞武，欲尋舊蹟半模糊。玉獅齋卽今北帝廟，明池直夫讀書處

陽臺聳秀勢峥嶸，有客來看夕照明。莫賦高唐同宋玉，朝雲暮雨費閒情。陽臺山在城東北，陽臺夕照八景之一

靈山神佛仲春多，萬壽巖前絡繹過。夾道松風聲徹耳，翻疑淸梵出林阿。萬壽巖一名山邊巖，八景中萬壽松聲也

虎溪鹿洞恣流連，更陟層巒訪醉仙。北向紫雲剛半里，呼僧煮茗汲巖泉。

篔簹港外釣魚舟，出入隨潮水上浮。日暮歸來天色

黑星星漁火射江流

鷺江櫂歌　林鶴年

大擔橫來小擔開，千重海蜃幻樓臺。十三渡口誰漁父，多少桃花劫後栽。（廈島十三渡頭）

掉頭高唱大江東（江東橋），天際歸帆葉葉風。（吾鄉水師宿將多半罷歸）寄語平原諸子弟，不妨酣醉滿江紅。（船名）

海風吹霧草雞謠，二百年來戰氣消。不斷嘉禾有遺種，清時麟鳳識天驕。

白鷺橫江點點煙，魚雷衝浪演樓船。海門終古華夷限，放出蛟龍欲拂淵。

纔聞祆廟福音宣又報天宮洗禮旋誰贖文姬歸絕塞唐山回望祖家船（夷人自呼洋船曰祖家船）

十年打槳草洼安（地名）垂老歸來甲必丹（華傭頭目）爭說弄潮兒有信石頭猶作望夫看（志載望高石俗訛爲望夫石）

沿街燒盆送王船劍樹刀山日萬錢知否黃河圖鐵淚眼前因果大西天（鄭州告賑有繪爲鐵淚圖募緣）

罌粟花開徧野塍山塲花價逐年增何年洗盡煙花劫大海廻瀾此一燈

乘槎約略烏衣國浮島分明白鷺江太息東南民力薄是誰賓賦到鄉邦（燕窩貢始於某先達冒誤）

此邦海砦尚蠻風雙槳連環八槳攻氣盡一時閭里俠錦帆杯酒識英雄

龍頭山峙虎頭山萬國旂分五彩斑此日梯航集王會不勞徼撓到荊蠻

臺澎新闢電書郵鎖鑰重溟控部洲欲訪涵園鑄金事眼看南紀盡安流 靖海侯涵園

篔簹港靜水灣環曖曖如舟屋數間我趁開帆訪塲老夕陽無限薜家山

荔厓風冷鏡塘秋羅綺無人續雅遊生怕黃公鑪下過一聲殘笛倚江樓

閉門不放石頭去花竹蕭疏隱釣蹤幾疊青山紅樹外半江涼雨夢吳淞（榕林多天然巨石）

江荻江楓語故鄉天涯身世倦游梁四絃譜出秋江怨司馬青衫淚數行

秦淮燈戲魚龍艦珠海花圍翡翠篷裙屐少年塲裏過結茅歸傍水仙宮

浪掣滄鯨兩島開獨梯雲頂望蓬萊此間疑有神仙窟一笑先登海日臺

腰錢騎鶴事如何乘興閒來放櫂歌消受湖山故鄉好海雲島月總婆娑

龍溪林履信校字

附録

浯嶼　　明 紀許國

但愁炊少米不苦食無魚日日弋船鬧採眞何處居

大擔嶼風雨感事　　紀許國

自從鷺島住吾家又向波間一泛槎細雨黏人春畏海寒風若岸雪爲沙載馳有悔徒心碎作賦無能且手叉若使桃源今可得吾生終不老魚蝦

登大擔嶼　　范 成

瞥見小坳翠欲流葱蘢密樹景淸幽嵐光遙與群峰列海色還看四面收日暮碧雲驚異彩雨過寒氣逼

深秋天南鎖鑰橫江外不放鯨魚夜出游

登高崎目嶼　清 陳思敬

拳山突兀水風灑破浪揚帆心目駭百戰曾傳抗臂

螳雙壚秖有遺匡蟹雲雷開霽海氛清日月重光闢

險解故老凋零往事湮百年刀劍耕牛買

龍溪林履信校字

我國山川名勝多矣古今題詠夥矣何以或傳或不傳哉蓋未盡得有心人而傳之耳是亦有幸有不幸也鷺江於我國版圖僅一彈丸小島雖然於中外交通商務貿易世稱爲五口通商之一則其聞達歐美各國豈不著哉況宋幼主蒙塵抵此明延平郡王抗淸於斯及騷人隱士嘯傲其間題詠不尠江子仲春與余同郡亦同久客鷺江乃今之有心人也擅才學好游觀每於春秋佳日輒與余及二三知己作山水遊且喜攀危躋險搜索殘碑斷碣之古今人題詠讀罷卽錄而藏之久之鷺江名勝之詩積之盈尺其中

頗多名賢佳作爲世所未見者因裒而集之署曰鷺江名勝詩鈔其友人爲之題序甚多復慫恿付梓適江子索題於余捧而誦之誠足以傳因與江子議與余爲菽莊叢書第六種付之剞劂以公於世則不僅名賢之遺作不致湮沒而鷺江名勝亦因以傳豈非江子與余之大快事與戊子七夕龍溪林爾嘉識于滬上寓樓

鷺江名勝詩鈔勘誤表

頁數	行數	字數	誤	正
題詞七	一	六	擁	拓
四	十一	二十	長	江
五	六	十九	堪	椹
八	十七	十九	鞋	鞭
八	十九	十九	獨	復
十八	七	十八	海	野
十八	八	十一	顧	同
十八	八	十二	謂	儔
二十五	八	四	洞	榕
二十七	四	四	能	吟
三十八	十	二十	下	乍

三十八	十六	七		倭
四十九	十九	十九	香	杳
五十	十二	一	忘	忙
五十一	一	十	挂	挂
五十五	十二	十	嶺	嶔
七十一	十二	五	且	具
八十三	十九	三	清	滴
八十九	八	十二	且	日
九十五	十五	三	燒	鐃
九十六	四	五	撓	撻
附錄一	六	四	若	著

同文書庫·廈門文獻系列

第一輯

壹　王步蟾　小蘭雪堂詩集
貳　張茂椿　固哉叟詩集　翁吉人　寄傲山房詩鈔
叁　蘇大山　紅蘭館詩鈔
肆　沈琇瑩　寄傲山館詞稿　壺天吟
伍　林爾嘉　林菽莊先生詩稿
陸　李禧　夢梅花館詩鈔
柒　余謇　寶瓠齋襍稿（外三種）
捌　蘇警予　謝雲聲　甲子雜詩合刊　菲島雜詩　海外集
玖　羅丹　稚華詩稿
拾　徐原白　同聲集

第二輯

壹　謝祐　賦月山房尺牘
貳　黄瀚　禾山詩鈔
叁　邱煒萲　揮麈拾遺
肆　林爾嘉　李禧　頑石山房筆記　紫燕金魚室筆記
伍　蘇逸雲　臥雲樓筆記
陸　陳延謙　劉鐵菴　止園詩集　鐵菴詩存
柒　陳桂琛　陳丹初先生遺稿（外一種）
捌　賀仲禹　繡鐵盦叢集　繡鐵盦聯話
玖　蘇警予　二菴手札
拾　虞愚　虛白樓詩

同文書庫・廈門文獻系列

第三輯

- 壹　胡鉉　椽筆樓初集
- 貳　吳錫璜　吳瑞甫家書（外一種）
- 叁　邱煒萲　菽園贅談
- 肆　蘇逸雲　臥雲樓雜著
- 伍　蘇警予　曠劫集
- 陸　黃伯遠　莊克昌　紅葉草堂筆記　感舊錄
- 柒　葉長青　松柏長青館詩
- 捌　海天吟社　鷺江梅社　海天吟社詩存　鷺江乙組梅社吟草
- 玖　林爾嘉　菽莊叢刻（外二種）
- 拾　陳桂琛　近代七言絕句初續集

第四輯

- 壹　吳葆年　吳兆荃　繪秋樓詩鈔　小梅詩存
- 貳　呂徵　介石山房詩稿（外一種）
- 叁　邱煒萲　嘯虹生詩鈔
- 肆　李維修　寸寸集（外一種）
- 伍　沈覲格　拙廬談虎集
- 陸　江煦　草堂別集　圭海集
- 柒　謝雲聲　靈簫閣謎話初集
- 捌　曾兆鼇　玉屏書院課藝
- 玖　林爾嘉　菽莊小蘭亭徵文錄　鷺江泛月賦選
- 拾　江煦　鷺江名勝詩鈔